Verliebt in Greetsiel

Marlis E. Hornig

Verliebt in Greetsiel

Ein Nordsee-Roman

Namen, Personen und Handlung sind frei erfunden. Greetsiel, das malerische Fischer- und Künstlerdorf, gibt es wirklich.

Bibliografische Information der Deutschen Nationalbibliothek:
Die Deutsche Nationalbibliothek verzeichnet diese Publikation in der Deutschen Nationalbibliografie; detaillierte bibliografische Daten sind im Internet über http://dnb.dnb.de abrufbar.

Weitere Fotos und Infos:
www.skipperasterix.beepworld.de
Autorenwebseite:
www.marlishornig.beepworld.de

Herstellung und Verlag: BoD – Books on Demand, Norderstedt

ISBN: 978-3-7322-5724-9

Für meine Familie

Es gibt Augenblicke,
da spürt man,
dass man einen Wohlfühlort
gefunden hat,
ohne ihn gesucht zu
haben.

~

Mitwirkende:

DIE FRAUEN:

Sophie Sommer: Single, 30 Jahre alt, Trendforscherin, auf der Suche nach einem Mann

Marietta Herbst: Geschieden, Autorin, 40 Jahre alt, allein erziehende Mutter,

Odile: Tochter von Marietta, Schülerin, 15 Jahre alt

Sabrina Sommerwein: Internetfreundin von Ole

Maybrit Schäfer: Facebook-Bekannte von Marietta

DIE MÄNNER:

Ole Winter: Junggeselle, 28 Jahre alt, Diplom-Biologe

Erik Hansen: Kapitän eines Krabbenkutters, Ende 40, hat Angst vor einer Bindung

Fiete: Steuermann, uriger Typ

Lukas: Sophies Ex-Freund, 32 Jahre alt. Kann sich nicht entscheiden

Jan: Smutje, Schülerpraktikant, 16 Jahre

Ein Schäfer: Philosoph, ohne Alter

DIE TIERE:

Ariana: genannt Jani, Sophies Parson Russell

Benny: Schäfchen

Pläne

Eigentlich wollten Marietta und Sophie nach Mallorca fliegen. Beide sind allein. Singles — wie es heute so schön heißt. Marietta hat eine gescheiterte Ehe hinter sich. Sophie und ihr Freund haben sich vor einigen Monaten getrennt. Beide Freundinnen wollen unbedingt zusammen verreisen. Irgendwohin. Weit weg von Bonn.

Da entdeckt Sophie ganz zufällig im Internet beim Surfen eine Lifestyle-Ferienwohnung mit dem spannenden Namen *„Skipper Asterix"*!

„Das klingt vielversprechend — nach Abenteuer, Wasser, weiter Welt! Nach einem Steuermann mit dem lustigen Namen Asterix. Nach einem Steuermann, der mit mir zusammen durchs Leben steuert…" — das denkt Sophie so bei sich, als sie weiterliest.

Whirlpool — Kaminofen — Holzterrasse —

Hund willkommen! Das sind die Schlüsselwörter für diese Erdgeschosswohnung in einer Doppelhaushälfte im skandinavischen Baustil. Und dann steht da noch irgendwo auf einer privaten Webseite von Asterix, dem Parson Russell Terrier der Eigentümer der Ferienwohnung:

Wir haben unseren Wohlfühlort gefunden, ohne ihn gesucht zu haben!

Doch Sophie freut sich besonders, als sie verinnerlicht: Hund willkommen. Dann kann sie ja ihre Hündin mitnehmen. Ariana, genannt Jani, ist eine weiß-braune Parson Russell Terrier Hündin, 2 Jahre alt, total lieb und verspielt. Kinder sind natürlich gerngesehen, denn da steht „familienfreundlich". Ihre Freundin Marietta hat nämlich eine fünfzehnjährige Tochter namens Odile. Da muss Sophie schnell eine Mail an ihre beste Freundin schicken.

Gesagt – getan!

E-Mail an Marietta:

„Hallo Marietta,

Mallorca ist out – Greetsiel ist in! Bald erzähle ich Dir mehr…

Ciao Sophie"

Sophie ist gespannt, ob Marietta das versteht.

Sophie will einfach nur vergessen. Vergessen, was an jenem Sonntag geschehen war, als ihr Freund Lukas und sie sich getrennt haben. Eine letzte Umarmung — ein wilder Kuss —, als wäre es das letzte Mal. Ja, in der Tat, es war das letzte Mal…

„Wir haben einen großen Fehler gemacht!", meinte Lukas. Ohne sie noch einmal anzuschauen, verließ er ihre Wohnung, ihr kleines gemütliches Appartement.

Das war vor vier Monaten — irgendwann im kalten Winter. Wieder war sie allein. Und dabei wollte sie doch so gerne eine Familie haben, gleichsam das ganze Programm: ein Mann, zwei oder drei Kinder, ein kleiner Hund — vielleicht später ein süßes Haus mit einem Garten irgendwo im Grünen. Aus der Traum! Umso schlimmer, da für sie mit ihren 30 Jahren die sogenannte „biologische Uhr" zu ticken beginnt.

Zeit ist vergangen. Langsam. Die junge Frau hat über vieles nachgedacht. Die erste Phase der ganz starken Traurigkeit ist vorbei. Oft hat Sophie geweint und sich die Fotos des gemeinsamen Lebens angeschaut. Was hat sie falsch gemacht? Was haben sie beide falsch gemacht? Wird sie irgendwann eine Antwort finden? Jetzt will sie erst einmal leben — ihr Leben genießen — ohne jegliche Verpflichtung. Keine ernste Beziehung! Vielleicht hier und da mal ein kleiner Flirt, ein Abenteuer… Natürlich hat sie ihren Beruf. Ein spannender und immer wieder interessanter Beruf mit lustigen Begegnungen.

Vielleicht kann sie in Greetsiel auch Menschen beobachten und, wenn diese einverstanden sind, ein Foto von ihnen schießen. Diese Fotos stellt sie dann, natürlich mit Erlaubnis der fotografierten Person, auf ihre eigene Webseite. Dies alles, um die aktuellen Modetrends zu erforschen. Trendforscherin: das ist ihr Beruf. Sie arbeitet mit bekannten Frauenmagazinen, wie Vogue, Marie-Claire, Elle, Brigitte, Freundin, Maxi, zusammen.

So zieht Sophie denn auch heute wieder einmal mit ihrer großen Kamera zum Café *Galesto* in der Nähe der Bonner Uni, das sie ihrer Freundin Marietta als Treffpunkt vorgeschlagen hat. Modern, gemütlich, in Kaffeebraun gehalten, mit Blick auf das bunte Treiben gegenüber am Bistro *Roses* und in der bekannten noblen Kaiserpassage — das ist ein geeigneter Ort, um Urlaubspläne zu schmieden. In ihrem Outfit: schwarzes T-Shirt mit rundem Ausschnitt, einem flotten roten Schal, modern um den Hals geschlungen, und den blauen Röhrenjeans, roten Ballerinas und der neuen roten Beuteltasche sieht sie lustig aus. Das passt alles sehr gut zu ihren langen dunkelbraunen Haaren und ihren blauen Augen. Sie wartet auf ihre Freundin.

Sophie schaut in die Kaiserpassage schräg gegenüber, und da entdeckt sie Marietta. Heute ganz in Schwarz, das heißt in Schwarz-Weiß. Das steht ihr immer toll! Zu ihrem halblangen Haar in Honigblond. Diese Farbe heißt seit kurzem „Brond": braune Haare, die oberen Haare blond getönt oder von der Sonne heller geworden. Schwarzer Leinenblazer, schwarze Stoffhose, weiße Bluse mit zartem Blumendesign, eine niedliche Silberkette mit einem Rentier-Anhänger am Hals. Große schwarze Sonnenbrille im Audrey-Hepburn-Stil. Und als Tüpfelchen auf dem i, gleichsam als Blickfang oder „Eye-Catcher", wie es in der modernen Sprache heißt, trägt sie eine große rosa Handtasche.

„Da muss ich gleich ein Foto schießen! Von meiner Freundin. Wie damals, als wir uns kennen gelernt haben…", denkt Sophie und macht spontan ein Foto.

Mit dem vorbeifahrenden Fahrrad, auf dem eine junge Frau sitzt — sicher eine Studentin mit ihren Büchern hinten auf dem Gepäckträger — wirkt das Bild sehr typisch für Bonn. Das ist Bonn: eine pulsierende und doch irgendwie gemütliche Universitätsstadt mit über 40.000 Studenten! Die beiden Freundinnen leben hier sehr gerne! In dieser anheimelnden Stadt, der irgendein Architekt mit dem Post Tower ein modernes Gesicht aufdrücken wollte. Doch Bonn bleibt so idyllisch, wie es wohl immer war.

„Hallo Sophie", ruft Marietta, vor Freude strahlend, „also, wir fahren in den Urlaub! Super!" Genau, wie Sophie nun einmal ist, hat sie eine kleine Checkliste vorbereitet, um die Wahl des Urlaubszieles zu erleichtern:

Plus- und Minuspunkte:

Für Greetsiel:	**Für Mallorca:**
Kurze Anreise	Mittellange Anreise
Zugfahrt mag ich sehr!	Fliegen mag ich überhaupt nicht
Malerisches Dorf —	Hochhäuser hassen wir beide
Keine Hochhäuser	
Viele kleine Restaurants, Cafés, Bistros	Viele Cafés an lauten Straßen
Akzeptable Preise	Teuer geworden
Autofrei! Ruhig	Einfach nur laut!
Tolle Ausflugsziele = 1-Euro-Ticket	Als Insel begrenzt!
MS Wappen von Norderney = Das Schiff fährt nach „irgendwo"	
Beschaulich!!!	Hektisch!
Sicher nette Kerle…	Chicos sprechen Spanisch
Kernige Naturburschen	Männer trinken viel Bier!
Romantiker… ♥	Ballermann Sex!

„Schau dir meine kleine Liste mal an! Da sind einige Gemeinplätze oder Klischees dabei — das ist mir bewusst. Aber du weißt ja, so eine Liste hilft mir oft, die richtige Entscheidung zu treffen."

Mit diesen Worten stürmt Sophie auf ihre Freundin ein. Marietta bestellt erst einmal eine Tasse Cappuccino und ein Stück frisch gebackenen Marmorkuchen. Es ist nachmittags um 15.00 Uhr:

12

Kaffeezeit! Die Zeit, in der deutsche Frauen jeden Alters ihre Linie verlieren! Ja, eigentlich müsste sie ja auf ihre Linie achten, aber heute ist das egal. Es gilt, eine wichtige Entscheidung zu treffen. Auch Sophie macht es sich gemütlich mit einem Latte Macchiato so als Vertreterin der „Latte-Macchiato-Generation", die gerne moderne Cafés wie das *Galesto* besucht. Dazu wählt sie ein großes Panino mit Serrano-Schinken und einem frischen Salatblatt. Dann geht es los: ein munteres Gespräch zwischen zwei Freundinnen, die ein wenig ungleich sind.

Nach einer guten Stunde — genau gesagt nach 66 Minuten, 6 Sekunden — sind die beiden sich einig. Mallorca ist vergessen — Greetsiel ist geplant! Und der *Skipper Asterix* ist im Rennen. Denn die Freundinnen haben nicht nur geplaudert, sie haben sich auch die Bilder von dem ausgesuchten Feriendomizil auf Mariettas Notebook angesehen. Beide sind begeistert. Denn der Name ist Programm. Beide sind fest entschlossen, Abenteuer, wie der wilde Gallier Asterix sie bestanden hat, in dem kleinen Dorf am malerischen Hafen mit dem Namen Greetsiel zu erleben. Beinahe solche Abenteuer, wie Asterix diese im alten Gallien, der heutigen Bretagne, zu Zeiten Cäsars erlebt hat.

Zu Hause angekommen, macht Marietta sich im Internet über Greetsiel kundig. Was ist Greetsiel? Hier die Antwort:
Greetsiel ist ein Ferien-, Fischer- und Künstlerdorf.

Fischerdorf Greetsiel

„Ein über 700 Jahre junges Dorf. Ein junges Dorf, weil Greetsiel das einzige Dorf der Krummhörn ist, das erst nach der Eindeichung vor mehr als 700 Jahren gegründet wurde. Somit ist Greetsiel auch kein Warfendorf. Alle anderen 18 Dörfer der Krummhörn stehen auf künstlichen Hügeln. Früher standen sie mitten im Meer. Damit waren die Dörfer mit ihren Menschen, allem Vieh und den Erntevorräten häufigen Überschwemmungen ausgesetzt. Große Kirchen mit starkem Mauerwerken boten Schutz.

Die Mutter Greetsiels war allerdings ‚Appingen', auch ‚Kloster Appingen' genannt. Der Ort Greetsiel wurde von der Domäne Appingen unter den Häuptlingen der Cirksena gegründet. Wir kennen den Ausdruck ‚Häuptling' eigentlich von den Indianern. Doch Häuptlinge gab es zuerst in Ostfriesland. Der Ausdruck wurde dann nach der Entdeckung Amerikas 1492 auf die ‚Chefs' der Indianerstämme übertragen. Im Laufe der Zeit verlor Appingen immer mehr an Bedeutung und somit wurde Greetsiel zum Sitz der Häuptlinge. Die Häuptlinge waren berechtigt, für alle Waren, die über den Hafen umgeschlagen wurden, Zölle zu erheben."

Das war eine kleine Exkursion in alte Zeiten.

Unterwegs

Sophie als die jüngere der beiden Freundinnen übernimmt die Buchung und Organisation der Anreise. Die Buchung geht flott über eine bekannte Organisation für die Vermietung von Ferienwohnungen. Vor der endgültigen Reservierung führt die Trendforscherin noch ein nettes Gespräch mit den Eigentümern der Wohnung, um die Hundefrage zu klären. Die Eigentümerin fragt nach der Rasse der Hündin, nach dem Namen und erkundigt sich, ob Ariana, das heißt Jani, auch lieb ist. Denn, wie es in der Hausordnung in der Ferienwohnung steht, soll der Hund nicht auf die Sesselecke springen und natürlich auch nicht in den Betten schlafen. Das Bad ist ebenfalls tabu. Die Eigentümerin Svenja meint: „Unser Asterix, nach dem unser Feriendomizil, genannt ist, schläft ganz brav mit seinem Stoffhäschen in seinem eigenen Korb mit der karierten Korbeinlage neben dem Lowboard. Damit er nachts nicht heimlich, still und leise auf das Sofa und die Sessel klettert, lege ich die Sofakissen und einzelne *dogs*-Magazine auf die roten Sessel. Das funktioniert sehr gut, wie ich nachts feststellen kann, wenn ich in der Küche Mineralwasser trinke! Also das klappt super: Probieren Sie es aus!"

Da die Freundinnen Umwelt- und Klimaschützer sind, beschließen die Urlauber, zu viert mit dem Zug zu fahren. Zu viert, das bedeutet: die beiden jungen Frauen, Mariettas Tochter Odile und das

Parson Russell Mädel Jani. Beginn der Reise soll der erste Ferientag der Sommerferien in Nordrhein-Westfalen sein, denn alle vier können die auf der Webseite von Feriendomizil *Skipper Asterix* in Aussicht gestellten Abenteuer kaum abwarten.

Die Reise sieht so aus: Intercity-Zug bis Emden und dann nach einer Cappuccino-Pause im Café per Überlandbus nach Greetsiel. Sophie erwirbt die Fahrkarte für die vier supergünstig im Internet zum Sparpreis, zumal sie eine Bahncard 25 hat. Ihre Freundin kann zu günstigen Bedingungen mitfahren, deren Tochter Odile fährt mit ihren 15 Jahren zu einem günstigen Preis und die kleine Hündin Jani fährt kostenlos.

Für kleine Hunde unter 40 cm gilt nämlich folgende Bestimmung: Der Hund fährt gratis, sofern sein Besitzer einen Hundekorb und einen Maulkorb mitführt. Auf den Gängen muss der kleine Hund natürlich angeleint sein. Außerdem sollten die Mitreisenden im Abteil einverstanden sein, dass sich der Hund außerhalb des Korbs aufhält. Der Korb und der Maulkorb sind lediglich für kritische Situationen gedacht. In der Regel freuen sich die mitfahrenden Fahrgäste über die nette Ablenkung, die sich durch die Anwesenheit eines süßen Vierbeiners ergibt. Alle haben direkt ein Gesprächsthema: Hunde, Katzen, Kaninchen und andere Tiere. So erleben es auch unsere drei Zweibeiner mit den anderen zwei Fahrgästen im Abteil. Das mitreisende Ehepaar erzählt ganz begeistert von dem lieben Dackel, der sie siebzehn Jahre begleitet hat und nun im Hundehimmel ist. Das ehemalige Frauchen strickt an einer Strickjacke, während sie von Dackel Einstein erzählt; ihr Mann mit dem grauen Haar wollte eigentlich lesen in seinem dicken Buch über den Seeräuber Klaus Störtebeker. Doch er findet unsere Gespräche so spannend und die Anwesenheit von Jani so faszinierend, dass er Störtebeker auf den Aufenthalt in Greetsiel verschiebt. Das ist nämlich auch Reiseziel der beiden.

Der Zugbegleiter ist sehr sympathisch und begrüßt alle freundlich. Er bietet den Feriengästen an, ihnen beim Aussteigen mit ihrem Gepäck behilflich zu sein. In knapp 4 Stunden sind die vier in Emden. Super! Und das alles ohne Stress. Keine Raser, keine Pause, weil eine der Reisenden ein Keramikstudio aufsuchen muss, wie Marietta immer so lustig meint. Das Parson Mädel Jani hat auch keine Gassi-geh-Probleme, da sie Reisen mit dem Zug gewohnt ist. Ganz erheblich ist der Schutz der Umwelt und damit des Klimas. Würden alle 500 Fahrgäste — wir wissen nicht genau, wie viele es sind — mit dem eigenen Pkw teils alleine oder zu mehreren unterwegs sein, so wäre der CO_2-Ausstoß deutlich höher. Außerdem kauft die Deutsche Bahn mit dem Geld, das sie für jede Bahncard einnimmt, umweltfreundlichen Strom aus Solar- und Windenergie ein.

So kommen die vier schließlich ganz entspannt und ausgeruht in Emden an. Zunächst einmal geht Sophie mit Hündin Ariana spazieren. Das Parson Russell Mädel muss doch die neue Umgebung beschnüffeln, das heißt, ausführlich Zeitung lesen. Marietta und Odile setzen sich in das kleine Café im Bahnhof Emden und freuen sich auf einen frisch gebrühten Cappuccino und ein leckeres Brötchen Tomaten-Mozzarella sowie auf ein Baguette mit Putenbraten. Hier im Bahnhof herrscht ein Kommen und Gehen, ein buntes Treiben. Da kommt Sophie auch schon von ihrem Spaziergang mit Jani zurück, bestellt einen doppelten Espresso und ein Stück frisch gebackenen Käsekirschkuchen. Jani erhält vor allem frisches Wasser, etwas von ihrem mitgebrachten Trockenfutter und bettelt, wie kann's denn anders sein, um ein kleines Stück Putenbraten. Nun sind alle vier Freunde zufrieden und gelabt. Da entdecken sie auch schon den Überlandbus Nr. 621 nach Greetsiel.

Wie ein Naturfilm zieht die wunderschöne Landschaft an ihnen vorbei: Endlose Wiesen, auf denen Kühe und Schafe weiden, kleine Wasserläufe, an denen sich Enten und Gänse tummeln, und immer die typischen roten Backsteinhäuser, umgeben von reich blühenden Blumengärten. Odile ist total begeistert und hat ihre neue fliederfarbene Digitalkamera in der Hand. Fotografieren, das ist seit 7 Tagen ihr neuestes Hobby. Extra für diese Reise hat sie sich zu ihrem 15. Geburtstag die hübsche Kamera gewünscht. Wie viele Mädchen in ihrem Alter liebt sie die Farben Rosa, Pink, Flieder und Lila. Zu ihrer hellblauen Jeans passt nicht nur die fliederfarbene Digitalkamera gut, sondern auch ihr freches rosa T-Shirt mit der Aufschrift *Zicke*! Das passt auch zur Landschaft. Mit den zahlreichen Ziegen, Ziegenböcken und Zieglein.

Ankommen — Wohlfühlen

Da das Schild **GREETSIEL** ☼ alle drei klatschen vor Freude in die Hände, und Jani macht „Wuffwuff"! Endstation: Greetsiel Schule.

„Wo sind wir denn hier gelandet?", ruft Marietta. „A la campagne! = Auf dem Land", antwortet Sophie, deren Lieblingssprache Französisch ist. Da entdecken sie auch schon die beiden Windmühlen! Mit den Ziehkoffern in Rot und Schwarz geht's über die kleine Kanalbrücke die Mühlenstraße entlang. Odile zieht ihren lila Koffer hinter sich her. Sophie trägt außerdem Janis Hundetasche im Burlington-Muster. Jani, das süße Russell Mädel, läuft munter an ihrer roten Schweizer Leine mit den weißen Kreuzen am Halsband die Gasse entlang, rechts und links nach Hunden — sicher nach Hundejungs — Ausschau haltend.

Alle vier sind gut gelaunt und werfen erste Blicke auf die hübschen kleinen Friesenhäuser, in die Schaufenster der Lädchen. Dann geht's über eine weitere Brücke in Richtung Kirche mit dem Kirchturm daneben auf das bekannte *Hohe Haus* zu. Hinter dem *Hohen Haus* den Kalvarienweg nach links hoch. Vorher riskieren sie noch einen schnellen Blick auf den berühmten Krabbenkutter-Hafen am Siel. An der *Alten Greetsieler Backstube* vorbei laufen die drei Zweibeiner und der Vierbeiner und biegen dann rechts in eine winzige Gasse, genannt Hobbingsweg, ein. Am Ende der putzigen Gasse entdecken die Urlauber schon die Häuser im skandinavischen Baustil: unten weiß, oben mit roten

Holzpaneelen verkleidet. Nach einem Schlenker nach links sehen sie die Terrasse des Feriendomizils *Skipper Asterix*. Um die Ecke befindet sich die Eingangstür zur Erdgeschosswohnung im zweiten Haus.

Glücklich gelandet! Dann ist die Freude groß beim ersten Blick in die behagliche Wohnung.

„Das ist ja noch schöner als auf der Webseite!", rufen Odile und Marietta gleichsam im Chor. Da können Sophie und Russell Jani nur zustimmen.

Der ereignisreiche Reisetag findet seinen Ausklang im Restaurant „*Pfeffersack*" in der Nähe des Wellnessbads Oase. Alle freuen sich auf den nächsten Tag.

Am Frühstückstisch mit leckeren Croissants, knusprigen Brötchen, Toastbrot, gekochten Eiern und gesundem Obst — alles aus dem Dorf — flachsen die beiden Freundinnen über Männer ganz allgemein. Dann beschreiben sie Männer, wie sie sich diese vorstellen oder wünschen. Gibt es den Traummann überhaupt? Und wenn ja, wo findet man oder besser Frau diesen? Marietta schwärmt für große blonde Kerle mit blauen oder grünen Augen. Sophie dagegen bevorzugt Männer von ca. 1,78 m mit dunklen Haaren und dunklen Augen. Wie finden sie Jungens, die eine Brille tragen? Sophie ist das egal, während Marietta Herren bevorzugt, die gut sehen können ohne Brille. Eine Sonnenbrille kann dagegen sehr attraktiv sein! Beide Damen lachen sehr viel angesichts der Vorstellung ihres Traummannes! Das ist ein lustiges Frühstück. Odile, Mariettas Tochter, gerade einmal 15 Jahre jung, schmunzelt nur. Sie hat ein kleines Geheimnis… Auf ihrem rosa Handy hat sie ihren Traumtyp, der real ist, auf einem Foto abgespeichert! Da plötzlich meldet sich das Parson Mädel Jani: „Wuffwuff" — das heißt, ich will Gassi gehen. Ich möchte riechen, welche charmanten Rüden es hier im Dorf und am Hafen gibt. Das ist das Zeichen des Aufbruchs. Obwohl Sophie es schade findet, dass sie dieses leckere Frühstück in der gemütlichen Wohnung verlassen muss. Die Sonne strahlt ins Wohnzimmer. Lichtdurchflutet! Jetzt könnte man es sich auch auf der wunderschönen Holzterrasse mit den einladenden braunen Holzmöbeln mit den roten Auflagen bequem machen. Aber Jani drängt...

Er ist nicht mein Typ, aber er ist süß

Auf dem Deich herrscht ein reges Treiben: junge Eltern oder Mütter schieben ihre Kinderwagen, Gruppen von mehreren Leuten mit einem Eis in der Hand, junge Pärchen zu zweit oder mit einem Hund, mal winzig klein, mal riesengroß, eine alte Dame mit einem Wagenrad von Strohhut. Auf der Blumenwiese direkt am Hafen lassen Kinder Drachen steigen. Drachen oder diese lustigen bunten Gebilde, die man in dem kleinen Geschäft im alten weißen Häuschen links vom Deich kaufen kann. Kleine bunte Figuren, zum Beispiel einen Hund oder eine Katze auf einem Fahrrad, kann man auch für den Garten zu Hause erstehen. Sophie spaziert mit Jani, die ihre Sansibar-Leine von der Insel Sylt mit den roten Säbeln und ihr Indianer-Halsband Apache mit bunten Perlen trägt, auf dem Deich entlang. Sie weiß noch nicht, wer oder was sie erwartet. Man kann ja nie wissen. Auf jeden Fall hat sie ihre große Kamera mitgenommen. Vielleicht bietet sich ja Gelegenheit, einen besonderen Schnappschuss zu schießen… Sie weiß ja nie, wer ihr vor die Linse kommt.

Da plötzlich entdeckt sie auf der ersten Bank gegenüber der Dampfer-Abfahrtstelle ein Fotomotiv. Ratet einmal, wer das ist! Dort sitzt ein junger Mann mit einem kleinen weißen Tier. Sophie schießt ihr erstes Foto in Greetsiel. Sie fotografiert den blonden jungen Mann mit dem kleinen weißen Tier von hinten. Dann steuert Sophie geradewegs auf den Mann im dunkelblauen Kapuzen-Sweatshirt der Marke mit dem Lorbeerblatt zu und fragt ihn mutig:

„Darf ich Sie fotografieren? Sie und Ihren kleinen Hund, der aussieht wie ein Schäfchen?"

„Ja, das dürfen Sie! Das kleine Tier sieht nicht nur aus wie ein Schäfchen, sondern es ist ein Schäfchen und heißt Benny! Sie dürfen aber nur ein Foto machen, wenn Sie sich danach zu uns setzen und mit uns ein Krabbenbrötchen essen!" ♥

Das sagt er und holt aus seiner mitgebrachten Tüte zwei Krabben-brötchen. Sophies Augen werden immer größer. Genau auf so ein leckeres Krabbenbrötchen hat sie in diesem Moment Riesenappe-tit.

„Kaufen Sie immer zwei Krabbenbrötchen, wenn Sie spazieren gehen?" –

„Eigentlich nicht! Das war heute wie eine Eingebung. Die zwei frischen Krabbenbrötchen auf einem weißen Porzellanteller mit blauem Rand haben mich angelacht — einfach so! Da musste ich sie mitnehmen. Und das ist gut so."

Die zwei jungen Leute essen genüsslich ihre Brötchen, erzählen sich dies und das = dit und dat auf Friesisch und finden fast kein Ende. Dann plötzlich wufft Jani, die auch vier oder fünf Krabben genascht hat. Die kleine Hündin will weiterlaufen den Deich ent-lang in Richtung Wattenmeer.

„Danke, danke!", ruft Sophie dem jungen Mann zu, während sie von der wilden Russell Dame zur Blumenwiese am Deich gezogen wird, wo es sicher gut duftet. In der Ferienwohnung erzählt So-phie den beiden anderen:

„Ich habe einen jungen Mann kennen gelernt. Er ist nicht mein Typ, aber er ist süß, super süß!"

„Das ist ja schon mal ein guter Anfang!", meint Marietta lächelnd.

Am Nachmittag steht ein Spaziergang durch das malerische Dorf auf dem Programm. Direkt von der Eingangstür aus geht es nach rechts an den anderen drei Häusern in skandinavischer Architek-tur auf dem Weg An't Hellinghus vorbei, dann biegen die Vier rechts in die Diekstriek und schließlich geht's die Treppe am itali-enischen Restaurant *La Dolce Vita* hinauf zum Deich. Das ist der kürzeste Weg zum Hafen. Wirklich nur ein Katzensprung!

Am Hafen auf der beschaulichen Hafenpromenade mit den kleinen Cafés und Teestuben möchten die vier gerne verweilen. Schon sit-zen sie an einem kleinen Tisch auf der Terrasse vom *Dat Huuske"*.

Marietta und Sophie genießen einen Cappuccino und jeweils einen Windbeutel, der hier wohl typisch ist und mit verschiedenen Füllungen angeboten wird. Odile ist ausschweifend und bestellt ein Schmalzbrot, bestehend aus ostfriesischem Schwarzbrot und frischem Griebenschmalz, sowie einen Latte Macchiato mit viel Latte und ganz wenig Espresso. Es macht Spaß, die Krabbenkutter anzuschauen. Und die anderen Schiffe: kleine Yachten, das Gretchen, ein Ausflugsschiff, und die MS Wappen von Norderney, die zu den verschiedenen ostfriesischen Inseln fährt.

Anschließend geht's zur alten Backsteinkirche, der Greetsieler Kirche mit dem daneben stehenden Kirchturm. Wie bei fast allen Kirchen in der Region, steht der Glockenturm für sich allein. Da entdeckt Odile eine kleine Bücherei im alten Gemäuer, aus der man sich ein Buch zum Lesen herausnehmen kann. Einzige Bedingung ist, dass man auch wieder ein Buch hineinlegt. Das kann irgendein Buch sein. Odile wählt eine Hundegeschichte; ein eigenes Buch will sie später hineinlegen. Nach einem Rundgang auf dem liebevoll gestalteten Friedhof führt der Weg zur Mühlenstraße. Das ist die sogenannte Geschäftsmeile. Viele Kunstgalerien, Souvenir-Geschäfte, Kleidergeschäfte, ein Porzellanladen, Boutiquen mit Kleinmöbeln, Körben, Originalgemälden, Tischlampen und vielem mehr säumen die lange Straße rechts und links. Der Rückweg führt am *Hohen Haus*, einem alten Hotel mit einem einladenden Innenhof mit Terrasse, vorbei zum Kalvarienweg.

„Die Speisekarte von diesem Hotel und Restaurant *Hohes Haus* enthält leckere Gerichte! Hier müssen wir unbedingt essen gehen!", meint Marietta und vergisst dabei ihre guten Vorsätze, was ihre Figur betrifft. Irgendwie bekommt sie immer Appetit, wenn sie eine gut formulierte Speisekarte liest. Das mag auch an ihrem Beruf liegen…

Am Hafen

Später irgendwann vor dem Abendessen geht Sophie noch einmal mit Russell Jani spazieren. Wieder auf den Deich zum Hafen. Dorthin, wo die vier Bänke stehen. Spontan zieht es sie zu der Bank, auf der sie heute Morgen den sympathischen Mann entdeckt hat. Welch eine Überraschung! Wieder sitzt er auf derselben Bank am Hafen und träumt. Am Hafen sitzt der junge Mann und träumt... Sein weißes Schäfchen steht neben ihm im Gras und frisst Gras und Gänseblümchen.

„Hallo, Benny, seid ihr wieder da? Da muss ich mich wohl vorstellen!", meint Sophie. „Sophie Winter, mein Name. Meine Hündin heißt Ariana, genannt Jani!"

„Ole Sommer!"

„Ja, auf den Winter folgt der Sommer, olé — das weiß ich!", entgegnet Sophie lachend. Und dann versteht sie plötzlich. Das Herrchen von Benny heißt Ole Sommer.

„Wie bist du eigentlich zu Benny gekommen?" —„Das ist eine lange Geschichte. Die erzähle ich dir ein anderes Mal. Jetzt erzähle ich dir erst mal etwas über unseren Greetsieler Hafen:

,Der Fischereihafen... In früheren Jahren war in dieser Region die Landwirtschaft vorrangig. Die Fischerei nahm eher eine untergeordnete Stellung ein. Doch Greetsiel ist seit seiner ersten Erwähnung immer ein wichtiger Hafenort gewesen, wie dies bereits im Jahre 1388 bekundet wurde. Zahlreiche Schiffe — große Segelschiffe wie auch später Dampfschiffe — waren hier beheimatet. Sie transportierten vor allem landwirtschaftliche Güter aus der Krummhörn in die Nord- und Ostseehäfen.

Erst gegen Ende des 18. Jahrhunderts entwickelte sich Greetsiel zum Fischerort. In der Hauptsache wurde damals Granat = Krabben gefangen. Langsam wuchs der Hafen zu einem der Hauptstützpunkte der ostfriesischen Seefischerei heran. In den Jahren 1904 bis 1935 war Greetsiel eine der wichtigen Seenot-Rettungsstationen.

1955 waren hier alleine 43 Fischkutter registriert. Heute sind im Greetsieler Hafen noch 27 Fischkutter beheimatet.

Das Fanggebiet reicht von der Grenze des niederländischen Wattenmeeres über die Grenze von Nord-Schleswig-Holstein bis hin zur dänischen Grenze. Heute werden neben dem Hauptfang — dem Granat — auch Plattfische, Schollen, Scharben und Seezungen an Land gebracht'."

„Das hast du schön erzählt. Oh, das ‚Du' ist mir so rausgerutscht. Weißt du, es ist so, als ob ich dich schon eine Weile kenne."
„Also bleiben wir doch beim Du. Es fühlt sich so gut an. Ich schlage vor, wir feiern das jetzt gleich bei einer Tasse Cappuccino in der Hafen-Galerie. Dabei können wir uns direkt die neue Kunstausstellung des norddeutschen Malers Ole West ansehen. Übrigens mein Vornamensvetter. Was meinst du?"
„Einverstanden! Toll!", so die schnelle Antwort von Sophie.
Sie treten in die kleine Hafen-Galerie in einem schönen weißen Haus, direkt am Hafen gelegen, ein. Da sind viele Bilder, manche versteckt, einige stehen offensichtlich da. Alles in allem eine locker und lässig aufgebaute Ausstellung. Bilder mit Schiffen oder Kuttern, Bilder mit Fischen, meist auf Leinwand gemalt, Collagen. Eins fällt den beiden Betrachtern besonders ins Auge: Zwei Pottwale unter Wasser, fast am Meeresboden schwimmend, die einander entgegen streben. So als wollten sie sich einen Kuss geben. Der linke Wal, sicher das Männchen, scheint zu lächeln, weil er sich freut. Da ganz plötzlich gibt Ole Sophie einen zarten Kuss auf den Mund.
„Das ist für das Du, und wir trinken jetzt Brüderschaft mit einem Cappuccino!" Hat der Mann an der Kaffeebar dies nun gehört? Oder will er den beiden eine Freude machen? Auf jeden Fall bereitet der Mann an der Bar zwei besonders leckere Cappuccinos für die beiden Gäste vor, mit einem Herz aus Schokoladenstaub in der Mitte, und kredenzt dem Pärchen die zwei kaffeebraunen Tassen mit schwarz-weißem Gebäck auf einem weißen Marmortisch.
„Das geht aufs Haus!", sagt er schmunzelnd. Da küsst Sophie ihren neuen Freund ganz schnell. Dann noch einmal! Doch dieser Kuss ist leidenschaftlicher gleichsam wie ein Versprechen…

„Haben wir heute Abend ein Date? Vielleicht im *FestLand*?", fragt Ole.

„Aber, wir haben doch gerade ein Rendezvous oder auch Date. Zwar ein zufälliges Treffen, aber ein Rendezvous!"

„Nein, ich meine ein richtiges Rendezvous, das bedeutet: Wir treffen uns zu einem bestimmten Zeitpunkt an einem bestimmten Ort. Gehen gemeinsam essen, lachen zusammen, erzählen uns einiges und haben Zeit für einander. Zum Beispiel erzähle ich dir, wie ich zu Benny, meinem Schäfchen, gekommen bin. Du erzählst mir, wie du zu Jani, deinem Hund, gekommen bist. Und am Ende des Abends bekomme ich einen Kuss von dir an der Haustür! An der Tür von eurer Ferienwohnung, meine ich, an der Tür vom *Skipper Asterix* im Hafendorf Greetsiel."

„Ach, so stellst du dir das vor!", meint Sophie lächelnd, „also dann heute Abend um 19.19 Uhr im *FestLand* am Hafen!" flüstert die junge Dame und entschwindet. Ihr dunkles Haar weht im Wind.

Sie ist mit Marietta und Odile verabredet. Zum Krabbenkutter-Betrachten und Fotografieren. An der Mauer des malerischen Hafens stehen die zwei jungen Frauen und das Mädchen Odile; Parson Russell Mädel Jani schnüffelt. Das ist genau der richtige Augenblick! Da passiert's!

Noch ein toller Typ!

Plötzlich geschieht etwas Unerwartetes. Eigentlich geschieht etwas ganz Normales in diesem kleinen Hafen. Etwas, das jeden Tag geschieht oder fast jeden Tag. Ein Schiff fährt in den Hafen. Marietta ist wie elektrisiert. Ganz gebannt schaut sie auf einen Mann, der dieses Schiff, einen roten Krabbenkutter, anlandet. Dunkle, etwas wellige Haare, von der Sonne gebräunte Haut, ein kariertes Hemd, das an den Ärmeln hochgekrempelt ist und toll gebräunte, kräftige Männerarme, gerade richtig behaart, freigibt. Am Hafen steht Marietta und träumt. Da fällt ihr der griechische Schlager ein:

„Ein Schiff wird kommen…". Ganz unerwartet lächelt der Mann ihr zu und winkt ihr.

„Wenn das so weiter geht, wie in dem Lied…", denkt sie bei sich und lächelt zurück. Nicht nur das. Sie winkt auch zurück!

Marietta

Marietta ist vor drei Wochen und drei Tagen vierzig Jahre alt geworden. Sie hatte mit Mitte Zwanzig geheiratet, dann kurz darauf ihre Tochter Odile bekommen. Alles schien in Ordnung zu sein. Ihr Mann, ein Augenarzt, sie und ihre Tochter hatten eine schöne, moderne Eigentumswohnung in Bonn. Beide waren berufstätig. Marietta arbeitete allerdings nur halbtags, damit sie für die kleine Odile viel Zeit hatte. Während sie als Journalistin bei einer großen Zeitung beschäftigt, war, versorgte ihre Mutter die Tochter. Alles war gut durchorganisiert. Ein bis zweimal, manchmal auch dreimal, im Jahr machte die kleine Familie eine Reise nach Holland oder Italien oder im Winter ging es nach Österreich in den Schnee. Es ging dem Ehepaar und seiner Tochter gut. Doch dann kam das 7. Ehejahr, das im Volksmund auch das „verflixte 7. Jahr" genannt wird. Alles wurde anders.

Auf einem Ärztekongress in Hamburg lernte Mariettas Mann Jonas eine Kollegin kennen, die als Augenärztin in einer Klinik in Hamburg arbeitete. Die beiden haben sich wohl wieder gesehen. Plötzlich meinte Jonas eines Tages:

„Ich bin müde! Müde von diesem eintönigen Leben. Arbeiten, viel arbeiten, Samstag und Sonntag Familienleben, immer wieder Alltag. Im Urlaub immer wieder die gleichen Reisen. Ist das alles? Ist das das wahre Leben?"

Sie trennten sich. Irgendwann fast ein Jahr später folgte die Scheidung. Marietta war sehr traurig. Sie schrieb vieles auf — Ereignisse und Gedanken — gleichsam, um über das Geschehene und die plötzliche Trennung hinwegzukommen. Nach etwa zwei Jahren hatte sie sich arrangiert und fühlte sich wohl in ihrer Kleinfamilie mit ihrer Tochter Odile. Nun war sie allein erziehende Mutter.

Es folgten zwei, drei Abenteuer mit Männern, die sie im Freundeskreis oder zufällig kennen lernte. Eine Liebesgeschichte war ernster: Eine Liebe in der Provence zu einem jüngeren Mann, einem Franzosen. Doch sie konnte sich nicht entschließen, für immer in Frankreich zu leben, und Jean-Marc konnte aus beruflichen Gründen nicht in Deutschland mit ihr wohnen. So verging die Zeit, und die junge Frau fühlte sich nun ganz geborgen in ihrem Leben. Irgendwie schien da gar kein Platz mehr für einen Mann zu sein…

Und jetzt ganz plötzlich hat es Bum gemacht.

Eine Szene im *FestLand*

Gegen 17.00 Uhr kommen die zwei Freundinnen mit Odile und Russell-Hündin Jani nach ihrem langen Spaziergang durch das Dorf wieder in der gemütlichen Ferienwohnung *Skipper Asterix* an. Ausruhen — aufs rote Sofa setzen, eine Kerze anzünden, plaudern — das ist jetzt angesagt! Was nun? Marietta und Odile wollen es sich im Wohnzimmer gemütlich machen. In der Essecke Schwarzbrot mit frischen Krabben essen, Rührei dazu, vielleicht ein Glas Rotwein trinken und dann im Fernsehen einen Liebesfilm anschauen — das wird ein richtiger Frauenabend mit Nüssen und feiner Schokolade!

Sophie ist mit dem jungen Typ Ole verabredet. Im Restaurant *FestLand*, unmittelbar am Hafen gelegen zu Beginn der kleinen Restaurantmeile am Siel. Dieses neu eröffnete Restaurant in einem Friesenhaus ist total beliebt. Vinothek . Bistro . Cafébar — so steht es auf dem Bierdeckel. Das sieht ja wirklich total modern und trotzdem anheimelnd aus. Ole hat einen Tisch für zwei Personen direkt am Fenster reservieren lassen.

„Hier gibt es ja meinen Lieblingsfisch: Scholle mit Krabben an Lauchgemüse! Super! Bruschetta gibt es auch", freut sich Sophie. Die beiden sind sich schnell einig. Zum Auftakt bestellen sie Bruschetta, dann Salat und danach zweimal Scholle. Dazu genießen sie einen roten Montepulciano aus Italien. Ist es Absicht oder Zufall? Stimmungsvoll dazu spielt leise italienische Musik.

„Azurro, azurro… Ti desidero…oder so ähnlich".

„Du hast ein süßes Kleid an! Weinrot passend zum Wein und zu deinen blauen Augen!", meint Ole.

„Danke für das tolle Kompliment! Das darf ich erwidern. Dein schwarzes Hemd mit dem süßen Krokodil, das ich so liebe, und deine schwarzen Jeans passen auch gut ins Ambiente!"

Als Dessert bestellen die beiden „Fragole con gelato" = Erdbeeren mit Eis. Fast einstimmig. Das ist ihnen so rausgerutscht. Dann fragt Sophie:

„Erzähl' mal! Wie bist du zu deinem Schäfchen Benny gekommen?"

„Das ist eine lange Geschichte. Kurz und gut: eines Abends ging ich unterhalb des Deichs spazieren. Weit entfernt entdeckte ich eine Schafherde. Plötzlich in einem Busch sah ich ein Schaf, daneben stand ganz hilflos zitternd ein ganz junges Schäfchen. Vielleicht war es gerade geboren, denn es konnte sich kaum auf den Beinen halten. Niemand war zu sehen. Ich rief unseren Tierarzt an. Herr Dr. Heilmann untersuchte das Mutterschaf, doch leider kam jede Hilfe zu spät. Die Mutter des Schäfchens war wohl bei der Spontangeburt gestorben. Wie traurig!

Kurz entschlossen nahm ich das Schäfchen mit, nachdem der Tierarzt es untersucht und für gesund befunden hatte. Die Mutter haben wir beerdigt und ihr kleines Grab mit einem gebastelten Holzkreuz und einem bunten Blumenstrauß versehen. In meinem kleinen Haus angekommen, bereitete ich ein Körbchen mit einem weichen Handtuch vor. Ich nannte das Schäfchen „Benny". Seitdem lebt Benny bei mir und wächst und gedeiht, wie du siehst. Wenn er groß und erwachsen ist, werde ich Benny wieder seiner Herde zuführen. Und wie bist du zu deinem niedlichen Russell Mädel gekommen?"

Sophie lächelt und antwortet voller Freude:
„Vor einiger Zeit habe ich eine blonde, sportliche junge Frau kennen gelernt. Sie züchtet in einer kleinen Familienzucht Parson Russell Terrier. Gemeinsam mit ihrer Freundin, die einen selbstbewussten, schönen Rüden namens Romeo hat, hat sie diese liebevolle Zucht begonnen. Ihre Hündin, ein weiß-braunes, rauhaariges Mädel, heißt Julia. Also, Romeo und Julia mochten sich sehr, gingen fast jeden Tag miteinander mit den beiden Frauchen spazieren und waren schließlich sehr zärtlich zueinander. Die beiden bekamen 5 Welpen, davon 3 Mädel und 2 Rüden. Ich durfte mir ein Mädel aussuchen, und weil es der erste Wurf der Züchterin war, also ein A-Wurf, nannte ich die Kleine „Ariana". Doch meistens rufe ich sie Jani. Das ist die Geschichte, wie ich zu meiner Parson Russell Hündin kam. Aber ich habe noch eine Frage an dich: Was machst du, wenn du nicht mit Benny auf der Bank am Hafen sitzt und Krabbenbrötchen isst?"
„Dann kümmere ich mich um das Futter für Benny. Im Rahmen eines Projekts des *NABU Ostfriesland* = Naturschutzbund Deutschland e.V. haben wir uns zum Ziel gesetzt, den ursprünglichen Naturwiesen wieder einen Lebensraum zu geben. Auf welche Weise wir das planen, das erzähle ich dir ein anderes Mal."
Sophie ist begeistert über dieses tolle Projekt. Und darüber, dass Ole daran mitwirkt.
„Der Abend ist wunderschön!", denkt Sophie so bei sich und schaut dem jungen Mann tief in die Augen. Schade, dass sie ihre Kamera nicht dabei hat. Am liebsten würde sie jetzt in diesem Moment ein Foto von Ole schießen. Da macht Ole einen spontanen Vorschlag. Einen tollen Vorschlag…
„Zum Abschluss habe ich eine kleine Überraschung für dich! Du magst doch Krabben! Also ich habe eine Einladung für uns beide und für deine Freundinnen Marietta und Odile. Von Kapitän Erik

Hansen. Er ist der Kapitän von dem wunderschönen roten Krabbenkutter. Also Herr Hansen lädt mich und meine Freunde — also euch — zu einer Krabbenkutter-Fahrt ein. Und zwar morgen. Habt ihr Zeit? Ich würde mich riesig freuen."

„Eine super Idee! Ich muss noch die anderen fragen. Aber ich denke, wir kommen gerne. Darf mein Russell Mädel Jani auch mitkommen?"

„Natürlich. Aber Benny lasse ich lieber zu Hause. Da kann er sich ausruhen. Eine Nachbarin wird nach ihm schauen", entgegnet Ole. Schon jetzt freut er sich auf morgen.

Ganz gemütlich, eng umschlungen, schlendern Sophie und Ole mit Jani zum *Skipper Asterix*. Vor der weißen Haustür, die ein wenig versteckt liegt, gibt Ole Sophie plötzlich einen zarten, langen Kuss auf den Mund. Jani ist ein wenig eifersüchtig und stupst Ole ans Bein.

Minikreuzfahrt auf einem Krabbenkutter

Am nächsten Tag sitzen die drei Feriengäste mit Parson Mädel Ariana am gemütlichen Frühstückstisch und lassen sich wieder leckere, ganz frisch gebackene Croissants aus der *Greetsieler Backstube*, frische Brötchen mit Butter, Erdbeer- und Sanddornmarmelade aus der Region und Honig von ostfriesischen Bienen munden. Dazu gibt es guten Kaffee aus den tollen Cappuccino-Bechern, die in der weißen Küche der Ferienwohnung stehen, sowie Orangensaft und leckeren Ziegenkäse aus dem süßen Laden *„Produkte der Region"* im Kalvarienweg. Plötzlich klopft es leise an die Tür. Da will jemand nicht stören und möchte doch etwas Wichtiges mitteilen. Wer mag das wohl sein? Odile läuft gespannt an die Haustür und öffnet zaghaft.

„Sophie, du hast Besuch!", ruft sie und bittet den jungen Mann einzutreten. Da streckt Ole eine Tüte mit frischen Krabbenbrötchen in Richtung Esstisch und meint:

„Das ist für euch alle! Frisch vom Hafen. Ein Vorgeschmack für eine tolle Überraschung! Denn für heute Nachmittag habe ich eine Einladung von Kapitän Erik Hansen. Hat Sophie euch das schon erzählt? Erik Hansen — das ist der Kapitän vom schönen roten Krabbenkutter Nr. 11. Er lädt uns vier zu einer Mini-Kreuzfahrt zum Krabbenfang ein! Habt Ihr Lust und Zeit, um 13.00 Uhr mitzukommen?"

Einstimmig antworten die drei wie aus der Pistole geschossen:

„Ja! Sehr gerne. Wir freuen uns riesig!"

Nach dem schmackhaften Frühstück verabschiedet sich Ole, weil er noch zu seinem Schäfchen Benny muss, um es zu pflegen und zu füttern und dann etwas später mit ihm spazieren zu gehen.

Marietta, Sophie und Odile können die Zeit bis zur Kreuzfahrt kaum abwarten. Endlich kurz nach 12.30 Uhr machen sie sich auf den Weg zum Hafen. Sie möchten Kapitän Hansen noch etwas mitbringen. Aber was? Eine blau-weiß gestreifte Büchse mit Ostfriesentee aus dem putzigen Teeladen direkt am Hafen und leckeres, handgefertigtes Konfekt scheint ihnen ein passendes Geschenk zu sein. Ganz pünktlich treffen sie mit Hündin Jani am Hafen ein. Von weitem sehen sie auch schon Ole, der vor einem schmucken roten Krabbenkutter, der offensichtlich frisch gestrichen ist, auf sie wartet. Mariettas Herz schlägt wie wild. Ist das vielleicht das Schiff, auf dem sie den sympathischen Kapitän gestern bei der Einfahrt der Kutter in den Greetsieler Hafen entdeckt hat? Gespannt schaut sie auf den roten Kutter. Ist er es oder ist es ein anderer?

Ja, das ist er! Mit seiner dunkelblauen Kapitänsmütze, dem urigen blauen Sweatshirt und der sportlichen, dunkelblauen Cordhose sieht er ganz anders aus, als die Männer, die sie sonst so kennt. Das sind eher Krawattenträger. „Bürohengste", wie Sophie so schön bemerkte, als sie Mariettas Kollegen aus dem Verlag kennen lernte. Mit einem frischen Lächeln begrüßt der Seemann seine Gäste und freut sich sehr über ihr Geschenk.

Marietta schaut sich neugierig auf dem Kutter um und stellt fest, dass die „JOHANNA", wie das Schiff heißt, nicht nur außen frisch gestrichen ist, sondern auch an Deck. Viel Weiß, kombiniert mit Rot — das wirkt sehr einladend. Und welch eine Überraschung: Hinten am Heck steht ein mittelgroßer Tisch aus altem Holz, auf dem auf einer roten Platzdecke 6 Sektgläser zu einem Umtrunk einladen. Eine wunderschöne blau-weiße Porzellanschale ist mit frischen Krabben gefüllt. 3 große Baguettestangen muten fast etwas mediterran an; kleine Schalen aus weißem Steingut enthalten verschiedene leckere Soßen. Eine ovale weiße Schale ist mit Schillerlocken, Rollmöpsen und zarten Lachsstücken belegt, garniert mit Tomaten und Rucola. Das hatten sie nicht erwartet. Odile zählt noch einmal die Gläser: 6 Stück an der Zahl. Sie waren doch nur vier Gäste und der Kapitän — also 5 Personen. Gibt es da noch eine Überraschung im Hintergrund?

Es wird spannend und alle sind gespannt. Da beginnt der Kapitän des Krabbenkutters mit einer Ansprache:

„Moin, moin, liebe Leute!

Ich freue mich, dass ihr alle heute meine Gäste seid. Am Anfang möchte ich vorschlagen, dass wir uns in dieser urigen Umgebung duzen. Sitzen wir doch alle in einem Boot, wie es so schön heißt! Mein Name ist Erik Hansen. Schon seit einigen Jahren bin ich Kapitän des Krabbenkutters Nr. 11 namens JOHANNA. Also dich, lieber Ole Winter, habe ich als Vertreter des NABU Deutschland eingeladen. Und natürlich auch mit dem Hintergedanken, dass du uns von deiner Arbeit für den NABU in der Leybucht erzählst. Euch, liebe Damen, habe ich als Vertreterinnen der Gäste des neu errichteten Hafendorfs Greetsiel eingeladen. Im Hintergrund hört ihr in der Kombüse noch ein Mitglied dieses Kutters: Jan. Das ist unser Smutje. Einen Sommer hilft er mir als Schülerpraktikant.

Und dann ist da noch Fiete, unser Seemann, ohne den an Bord nichts geht! Er ist heute voll im Dienst, daher gibt es nur Orangensaft für ihn.

Wir werden zusammen eine Fahrt zum Fischfang, vor allem zum Krabbenfang, unternehmen. Unterwegs berichte ich euch von unserer Arbeit hier an Bord."

Da öffnet Jan eine Sektflasche, gießt allen Sekt ein. Nur dem Kapitän schenkt er ganz wenig Sekt mit ganz viel Saft ein, denn er muss den Kutter ja steuern. Er hat die Oberaufsicht. Der Kapitän hebt sein Glas und prostet:

„Zum Wohl! Auf eine spannende Bootsfahrt! Ahoi!"

Alle rufen: „Ahoi! Ahoi!"

Jan lichtet die Anker und los geht's den kleinen Fjord entlang in Richtung Schleuse. Langsam und behutsam steuert Kapitän Hansen seinen Kutter an den anderen Krabbenkuttern vorbei. Sein Krabbenkutter JOHANNA ist einer von 27 Krabbenkuttern, die im Greetsieler Hafen festmachen. Verträumt schaut Marietta dem Kapitän zu und plötzlich flüstert sie:

„Wie lieb' ich diesen beschaulichen Hafen! Stundenlang kann ich zuschauen, wie die Schiffe ein- und ausfahren."

„Da haben wir etwas gemeinsam. Auch ich liebe diesen Hafen. Hier bin ich aufgewachsen und habe schon als kleiner Junge das Treiben am Hafen beobachtet. Jeden Tag nach der Schule bin ich hierher gekommen. Dann zog es mich irgendwann hinaus in die weite Welt. Auf einmal hielt mich nichts mehr. Ich heuerte bei einem großen Kreuzfahrtschiff an und lernte die Welt kennen", erzählt Erik.

Gemütlich sitzen die zwei Frauen, das Mädchen Odile und Ole an dem urigen Holztisch und genießen die leckeren Meeresfrüchte. An ihnen vorbei ziehen saftige Wiesen, bisweilen Blumenwiesen, Holzbohlen und lauschige Schilfecken, in denen sicher viele Vögel leben und brüten.

Der Kapitän schaut Ole an und dieser beginnt zu berichten:

„Der Naturschutzbund Deutschland, kurz NABU genannt, hat sich zum Ziel gesetzt, das Naturerlebnis Ostfriesland möglichst vielen Menschen zugänglich zu machen. Hier gibt es wilde Tiere, Vogelschwärme und seltene Pflanzen. Dies alles möchte der NABU helfen zu erhalten.

Ein wichtiges Projekt ist die Renaturierung von Blumenwiesen. Noch vor 50 Jahren waren blühende Wiesen, wie Sumpfdotterblumen-, Wassergeiskraut- oder Pfeifengraswiesen, ein typisches Bild in der ostfriesischen Landschaft. Blumenwiesen bieten vielfältige Lebensräume. Diese Pracht wieder aufleben zu lassen ist eines der vielen Ziele des Projektes ‚Blumenwiesen in Ostfriesland'. Das ist mein Projekt."
Voller Begeisterung und Verve spricht Ole von seiner Aufgabe. Sophie schaut ihn an und nimmt seine Hand.
Weiter geht die Fahrt den kleinen Fjord entlang. Viele Vögel begleiten den Kutter. Ein wahres Paradies für Ornithologen. Hier

können die Feriengäste Vögel beobachten, die sie sonst kaum noch sehen können. Ole Winter, der Biologe, erzählt weiter:

„Der NABU kümmert sich auch um den Storch Meister Adebar und um Wiesenvögel, wie den Kiebitz, die Uferschnepfe, den Rotschenkel und den Austernfischer sowie Watvögel und Seeschwalben. Bereits im zeitigen Frühjahr besiedeln viele seltene Vögel die weiten Grünlandgebiete, um dort zu nisten. Jedes Frühjahr sucht der NABU Ostfriesland daher freiwillige Helfer für die zeitaufwändige Nestersuche, um diese zu schützen.

Neben den seltenen Vögeln, die schützenswert sind, möchte ich noch die Auerochsen und Wildpferde erwähnen, die natürliche Landschaftspfleger sind. Sie benötigen weder einen Stall noch einen Tierarzt. Mit diesen Überlebenskünstlern pflegt der NABU in drei kleinen Herden Naturschutzflächen."

Gespannt hören alle Anwesenden dem jungen Umweltschützer zu und sind total fasziniert von der einmaligen Vogelwelt.

Ole erzählt noch eine kleine Geschichte am Rande:

„Es heißt, dass viele kinderlose Paare nach Ostfriesland und insbesondere nach Greetsiel kommen, weil sie ein Baby haben möchten und es bis jetzt immer noch nicht geklappt hat. Sie vertrauen auf den Storch Meister Adebar. So verbringen sie eine zauberhafte Zeit zu zweit in Greetsiel in der Natur. Und manchmal kommen die Paare dann im Jahr darauf mit einem kleinen Baby wieder, so heißt es. Doch das ist wohl nur eine alte Sage…"

Während Ole weiter von seinen Naturschutzprojekten berichtet und alle, insbesondere natürlich Sophie, ganz gespannt lauschen, fährt der Krabbenkutter in die Schleuse hinein. Danach geht es einige Meilen hinaus aufs Meer. Steuermann Fiete ruft:

„Jan, bitte wirf die Netze aus. Vielleicht hilft dir ja das nette junge Mädchen. Ich meine Odile."

Das lässt sich Odile nicht zweimal sagen. Schnell springt sie an die Seite von Jan und schaut ihn neckisch an so, als wollte sie sagen: „Wir zwei schaffen das schon!" Und Jan lächelt zurück… Während der Kutter weiterfährt, zieht er die Netze mit sich.

Kapitän Hansen setzt sich zu Marietta und prostet ihr mit einem Glas Orangensaft mit ganz wenig Sekt leise zu:
„Auf die Kutterfahrt heute Nachmittag! Ich finde es immer wieder spannend, in See zu stechen. Das bedeutet Abenteuer, Freiheit, Ungewissheit. Genauso schön und spannend finde ich es, dann irgendwann wieder an Land zu gehen. Am Festland anzukommen. Dann frag' ich mich manchmal: Habe ich festes Land, also Festland, unter mir? Habe ich meinen festen Platz gefunden?"
„Das frage ich mich auch manchmal", flüstert Marietta.
Nachdenklich schaut der Kapitän Marietta mit einem tiefen Blick an.
Währenddessen ziehen die jungen Leute die gefüllten Netze ins Boot. Krabben, Krabben und noch einmal Krabben. Darunter vereinzelt Schollen, Scharben und andere kleinere Fische. Die Krabben werden direkt an Bord in großen schwarzen Kübeln gekocht und bekommen so ihre rote Farbe. Ein guter Fang. Alle sind begeistert. Nur Odile möchte einige kleine Fische und schöne Schollen retten. Sie sollen noch ein längeres Leben geschenkt bekommen. Das sagt Odile, nimmt einige Fische und wirft sie zurück ins Meer.
„Das ist mein einziger Trost. Bevor die Krabben und Fische gefangen werden, können sie ein Leben in Freiheit genießen. Im Gegensatz zu manchen anderen Nutztieren, die in Massentierhaltung leben müssen! Dies weil wir angeblich so viel Fleisch brauchen?", erklärt Odile ironisch mit einem Blick auf die munter weiter schwimmenden Fische.

Als sie am Hafen von Greetsiel ankommen, steht schon der Lkw der Fischgenossenschaft bereit, um den Fang entgegenzunehmen.
Ein schöner Tag geht für die Mini-Kreuzfahrer zu Ende.
„Darf ich zum Abschied noch ein paar Fotos von euch schießen?", fragt Sophie und greift zu ihrer großen Kamera, ohne die Antwort abzuwarten.

Das werden sicher tolle Fotos: Kapitän Erik und Naturschützer Ole vor den Netzen. Erik in seinem dunkelblauen Outfit, Ole in dunkelblauer bleached Jeans und weißem Sporthemd mit kleiner Flagge, seine blaue Kapuzenjacke mit Wappen locker über die linke Schulter geworfen. Steuermann Fiete und Praktikant Jan tragen natürlich urige Kleidung gleichsam „Men at Work", das heißt weite, bequeme blaue Hosen und karierte Holzfäller-Hemden, wie man diese wohl auf einem Krabbenkutter trägt.

Und die beiden Damen Marietta und Sophie haben sich gestern bei 57° Nord 8° Ost, der angesagten Modeboutique im Kalvarienweg, eingedeckt. Sie tragen süße Hemdblusen in Vichy-Karo mit einem kleinen Wappen: Marietta in Bleu, Sophie in Rosé. Dazu hellblaue Röhrenjeans und modische Damen-Sweatjacken: Marietta in Lila und Sophie in kräftigem Pink.

Odile trägt ein Poloshirt in Pink und einen blauen Mini-Jeansrock. Die weiblichen Models posieren an verschiedenen Stellen des Krabbenkutters. Sophie, die Trendforscherin, ist sehr glücklich, als sie all die lustigen, originellen Bilder im Kasten hat und zeigt sie stolz Ole.

„Auf Wiedersehen und Danke!", rufen die Gäste der Mannschaft zu. Marietta lächelt den Kapitän noch einmal vielversprechend an.

Spaziergang zu den Mühlen

Als Sophie, Marietta und Odile am nächsten Morgen am gedeckten Frühstückstisch wieder mit frischen Produkten aus der Region sitzen, erzählen sie noch einmal von dem ereignisreichen Nachmittag gestern auf dem roten Krabbenkutter JOHANNA. Sophie kennt Ole ja nun schon einige Tage und ist verliebt. Auf Sophies Frage:

„Marietta, wie gefällt dir Kapitän Erik?", lächelt Marietta ganz verschmitzt. Es sieht so aus, als habe sie Feuer gefangen. Und Odile, der Teenager, sitzt am Frühstückstisch, schaut aus dem Sprossenfenster und träumt… Von wem wohl? Zwar hat sie zu Hause in

Bonn einen Jungen in ihrer Klasse, dem sie täglich mindestens sechsmal eine SMS schickt, doch das wird wohl heute ausfallen. Odiles Augen schauen in die Ferne. Parson Russell Terrier Hündin Jani sitzt in ihrem Körbchen und träumt. Sicher von dem weißen Schäfchen Benny.

„Was machen wir heute?", unterbricht Marietta als erste das träumerische Schweigen, „machen wir uns einen tollen Weibertag! Was meint ihr? Ich schlage vor, dass wir einen Spaziergang zu den berühmten Zwillingsmühlen an den Kanälen unternehmen."

Alle sind begeistert. Direkt nach dem Frühstück machen sich die drei Frauen mit Jani auf den Weg in Richtung Kalvarienweg, dann zum *Hohen Haus*, das früher das Gericht war und heute ein bekanntes Hotel und Restaurant in Greetsiel beherbergt. Auf der linken Seite an der kleinen Brücke biegen sie in die Mühlenstraße ein. Die Mühlenstraße ist eine gemütliche Geschäftsstraße mit originellen Boutiquen. Geschenke, Wohnaccessoires, Kaffee-, Tee- und Tafelgeschirr, Bilder, Kleidung für Erwachsene und Kinder — all das bekommt man hier. Marietta entdeckt in einem Schaufenster süße Tassen mit der ostfriesischen Rose:

„So eine Tasse oder auch das Gedeck für zwei Personen wollte ich schon immer haben!", meint die Autorin und schon betritt sie den Laden. Dabei denkt sie so für sich: „Vielleicht kann ich ja den sympathischen Kapitän zu einer Tasse Ostfriesentee in unsere gemütliche Ferienwohnung einladen, wenn alle anderen ausgeflogen sind und ich mal sturmfreie Bude habe". Nach langem Betrachten des Geschirrs entscheidet sich Marietta schließlich für zwei Tee-Gedecke mit der ostfriesischen Rose in zartem Rosa. Dazu wählt sie eine runde Schale im gleichen Muster für Gebäck. — Weiter geht's die Mühlenstraße entlang, die nach der Brücke am Kanal entlang zur ersten Mühle, der grünen Mühle, führt. Diese stammt aus dem Jahre 1856, ist also 156 Jahre alt. Heute laden im unteren Bereich eine winzige Bücherstube zum Stöbern und ein kleines Café zum Kaffee- und Teetrinken mit frisch gebackenem Kuchen ein.

In der oberen Etage, der sogenannten Galerie, finden regelmäßig Ausstellungen verschiedener Künstler, meist aus der Region, statt. Marietta stürmt direkt nach dem Eintritt in die grüne Mühle auf die obere Etage und entdeckt ein Bild mit einem Segelschiff in ihren Lieblingsfarben: Rosa, Blau, Weiß und Violett. Begeistert ruft sie die anderen zu sich. Schön, dass hier Künstler Gelegenheit haben, ihre Werke auszustellen und einem breiten Publikum zu zeigen. Auch Odile hat ihr Lieblingsbild gefunden: einen alten urigen Krabbenkutter in Rot gemalt mit schlichtem blau-weißen Hintergrund.

„Jetzt habe ich Lust, einen Ostfriesentee zu trinken mit allem Drum und Dran: Geschirr mit der ostfriesischen Rose, die Teekanne auf einem Stövchen serviert, Kluntje, zartes Gebäck. Was meint ihr?", ruft Sophie wie aus heiterem Himmel, als sie die gemütliche Kaffeeecke im Erdgeschoss sieht.

„Au ja, das ist eine super Idee!", stimmen die anderen zu.

„Vorher können wir noch in den hübschen Büchern stöbern. Ich sehe schon ein Büchlein über die süße Krabbe „Katharina von Greetsiel", bemerkt Odile. „Das ist was für…"

Das folgende Wort bleibt ihr im Munde stecken, als sie zur Eingangstür der Mühle schaut, die sich langsam öffnet. Zunächst ein rotblonder Schopf mit einem lustigen Gesicht, dann ein poppiges T-Shirt von einer angesagten Musikgruppe, schließlich eine abgewetzte Jeans und dunkelblaue Turnschuhe — das ist ja Jan, der Schüler-Praktikant von Kapitän Hansens Krabbenkutter! Das ist schon bizarr, er kommt justamente in dem Moment, als Odile den Namen „Jan" aussprechen und das Büchlein für Jan kaufen möchte. Das ist schon manchmal merkwürdig im Leben: Du denkst an einen anderen Menschen, und in dem Moment ruft er an oder erscheint sogar selbst.

„Nun können wir ja zu viert, das heißt, mit Jani zu fünft Kaffee oder Tee trinken", schlägt Odile vor und Jan freut sich. Er strahlt über das ganze Gesicht. Überraschung gelungen!

„Schade, dass Kapitän Hansen nicht dabei ist!", meint Jan und schaut dabei Marietta mit einem leichten Schmunzeln an. Marietta schmunzelt zurück.

„Nach dem Teetrinken möchte ich euch gerne die zweite Mühle, die rote Mühle, zeigen", fährt Jan stolz fort und ist kaum zu bremsen.

„Auf diesem Standort wurde bereits 1706 ein Erdholländer, also ohne Galerie errichtet. Nachdem die Mühle zweimal durch Brand zerstört wurde, wurde sie 1921 als 2stöckiger Galerieholländer neu errichtet. Dort gibt es auch ein Mühlencafé und zwar im früheren Kornspeicher. Im Erdgeschoss der Mühle könnt ihr in einem Mühlenladen frisch gebackene Brote, Vollkornartikel, Mehl und Bio-Produkte kaufen. Ich muss da gleich hin; hab ich doch vom Kapitän den Auftrag, frisches Brot für heute Abend zu kaufen."

Das wird dann noch eine spannende Mühlenbesichtigung. Jan weicht nicht von Odiles Seite, und zum Abschluss des Nachmittags lädt er Odile zu einem großen Eis in der dänischen Eisdiele am Hafen ein. ♥

Nachtgeflüster am Hafen

Am Abend unternimmt Sophie einen Abendspaziergang mit Russell Mädel Ariana auf dem Alten Deich. Verstohlen schaut sie auf ihre gemeinsame Bank, auf der sie mehrmals mit Ole geplaudert und gelacht hat. Wer sitzt denn da auf unserer Bank? Ganz traurig schaut Ole auf den kleinen Fjord. Er scheint in Gedanken versunken zu sein und merkt gar nicht, wer in seiner Nähe ist.

„Salut Ole, du siehst traurig aus. Du schaust in die Ferne, als würdest du jemanden suchen. Darf ich mich zu dir setzen?"

Ole ist überrascht, sagt zunächst gar nichts, umarmt Sophie und drückt sie ganz fest an sich. Dabei scheint ihm eine Träne über die Wange zu rollen.

„Liebe Sophie, ich denke an meinen Vater, den ich nie kennen gelernt habe. Meine Mutter hat mir wenig von ihm erzählt. Ich weiß nicht, wie er heißt, wo er wohnt, was er macht und ob er überhaupt noch lebt. Das macht mich gerade hier besonders traurig."

„Kannst du deine Mutter nicht mal fragen und sie bitten, dir all deine Fragen zu beantworten?", entgegnet Sophie.

„Dazu ist es leider zu spät! Meine Mutter ist vor einem Jahr gestorben. Sie war schwer krank. Einmal, kurz bevor sie mich verließ, erwähnte sie, dass mein Vater den Vornamen Ole trägt und sie mir aus Liebe zu ihm auch diesen Namen gegeben habe. Auf dem Sterbebett sagte sie noch:

‚Ole, fahr nach Greetsiel in Ostfriesland. Vielleicht findest du dort eine Antwort auf deine Fragen. Vielleicht findest du deinen Vater. Sag ihm, dass ich ihn sehr liebe und nie einen anderen Mann so geliebt habe wie ihn…' Dann lächelte sie noch ein letztes Mal und schlief sanft ein, als hätte sie ihren Frieden gefunden."

„Lass uns gemeinsam suchen", flüstert Sophie und drückt Ole an sich. „Ich liebe dich, ich liebe dich sehr und will dir helfen." ♥

„Das ist schön von dir. Vielleicht kannst du dir gar nicht vorstellen, wie es ist, ohne Vater aufzuwachsen. Nicht zu wissen, wer sein Vater ist, nicht zu wissen, wie er aussieht, was er macht, was er denkt, wie seine Träume aussehen. Manchmal bin ich einem unbekannten Mann, von dem ich meinte, dass ich ihm ähnlich sehe, hinterher gegangen und habe ihn quasi verfolgt. Damals wusste ich noch nicht, dass ich ihn an der Nordsee suchen muss."

Sie sitzen noch lange beieinander. Auch Jani setzt sich ins Gras und verhält sich ganz ruhig, so als würde sie alles verstehen. Tiere haben oft ein Gefühl dafür, wenn ihre Menschen etwas bedrückt. Sie kuscheln sich dann liebevoll an ihre Menschen, um ihnen wohl allein durch ihre Gegenwart zu helfen.

Dann schaut Ole Sophie ganz lieb an und fragt sie:

„Hast du Lust und Zeit, mich morgen gemeinsam mit deinem Russell Mädel in dem Häuschen, in dem ich wohne, zu besuchen? Das Häuschen ist weiß angestrichen und hat weiße Fensterläden mit blauem Rand. Es liegt unterhalb vom Alten Deich fast am Ende, bevor der Deich eine Biegung Richtung Nordsee macht. Ihr werdet es finden. Jani wird es schon deswegen finden, weil sie den Geruch von Benny schnuppert. Gerne möchte ich euch das Körbchen mit hellblauer Wolldecke von Benny zeigen, in dem mein Schäfchen kuschelt und schläft. Kommt ihr?"

„Sehr, sehr gerne. Wann ist es dir recht? Morgen Nachmittag?", antwortet und fragt zugleich Sophie voller Freude.

„Ja, so gegen 15.00 Uhr zum Tee. Dann werde ich dir auch meinen kleinen Garten mit meinen Blumen und Bennys Spielwiese zeigen. Ich freue mich riesig!"

Mit diesen Worten und einem besonders zärtlichen Kuss auf Sophies Lippen sowie einer Streicheleinheit für Jani verabschiedet sich der junge Mann, der eben noch so traurig war.

Ein Bierchen in der Börse

Während Sophie mit Ariana ihren Spaziergang am Hafen macht und Ole trifft, sitzen Marietta und Odile gemütlich im Feriendomizil. Odile hat Lust zu schmökern, schaut sich die Bücher auf dem Bücherregal an und entdeckt plötzlich den Roman über Asterix:

„Familienwolf Astix"
Abenteuer eines Jack Russell Terriers

Da ist die Teenagerin gespannt auf die Erlebnisse des jungen Terriers, der in diesem Buch sein erstes Lebensjahr erzählt. Ehe Odile sich's versieht, ist sie in die Geschichte so vertieft, dass sie um sich herum nichts mehr sieht und hört, alles vergisst. Auch hört sie kaum zu, als ihre Mutter sagt:

„Ich gehe noch einmal auf ein Stündchen ins Dorf. Möchtest du mitkommen? Vielleicht etwas trinken gehen? Einen warmen Tee oder eine Apfelschorle? Was meinst du?" Die kurze Antwort: „Nein. Ich bleibe lieber hier. Das Buch ist gerade so fesselnd. Sicher kommt Sophie mit Jani gleich wieder zurück. Lass dir ruhig Zeit! Ich finde es so gemütlich hier auf dem roten Sofa mit der lila Decke."

Marietta zieht sich ihren schwarzen Leinenblazer an, schlingt den Schal im Burberry-Muster um den Hals, in dem sie das eine Ende durch eine Schlaufe zieht, ergreift ihre zierliche schwarze Umhängetasche mit den zwei Schwertern und macht sich auf den Weg zum Siel. Vor der *Börse*, dem bekannten Restaurant an der Brücke, sitzen einige Gäste beim Bier und anderen Getränken. Plötzlich hört sie eine Stimme von hinten:

„Möchtest du ein Bier mit mir trinken? Hier in der *Börse* direkt am Siel. Ein Jever-Pils, wie man es hier trinkt? Ich lade dich ein!" —

„Das ist doch der nette, supersympathische Kapitän von dem Krabbenkutter!" Dieser Gedanke geht Marietta durch den Kopf. Sie dreht sich um, lächelt Erik an und sagt: „Ja, gerne."

„Wo möchtest du sitzen? Vorne zur Mühlenstraße hin, auf der Terrasse am Siel oder in einem Strandkorb?"

Marietta faltet ihre Nase, was sie immer tut, wenn sie überlegt.

„Ich finde den Strandkorb toll!"

„Wenn du deine Nase noch einmal so süß rümpfst, dann setzen wir uns in den Strandkorb. Ich mag das!", meint Erik und fordert Marietta mit einer einladenden Geste auf, im blau-weiß gestreiften Strandkorb Platz zu nehmen. Er setzt sich behutsam neben sie und bestellt zwei Jever Pils mit einer Käseplatte. Die beiden machen es sich so richtig gemütlich und im Strandkorb hat Marietta ein wahres Urlaubsfeeling. Hier ist es auch wirklich urig-gemütlich!

„Seit ich mich erinnern kann", fängt der ein wenig scheue Kapitän an zu erzählen, „kenne ich die *Greetsieler Börse*. Schon als kleiner Junge bin ich sonntags oft mit meinen Eltern hierher zum Mittagessen gegangen. Besonders gerne erinnere ich mich an die leckeren

Fischgerichte. Soviel ich weiß, wurde ‚*der Gasthof um 1900 eröffnet. Doch das Gebäude ist schon viel älter. Früher als die Grafen Cirksena und andere regierten, war die Börse das Richthaus. Hier übte der Drost, der als Stellvertreter des Landesherren galt, die niedere Gerichtsbarkeit aus. Später diente das Richthaus als Waage, da in der Nähe die Schiffe an den Ladeplatts gelöscht wurden‘.* Das ist das Wichtigste, was mir einfällt. Prost! Zum Wohl!"

Erik lächelt Marietta liebevoll an und legt seine Hand auf ihren Arm. Doch als ob diese Geste schon zu viel wäre, zieht er seine Hand schnell wieder zurück.

„Ich möchte mehr von dir wissen, Marietta. Was machst du zum Beispiel, wenn du nicht in Greetsiel bist?", wagt Erik einen ersten Annäherungsversuch.

„Ich schreibe Geschichten aus dem Leben. Das heißt, Geschichten schreibe ich auch hier in Greetsiel!"

„Muss ich Angst haben, dass du alles aufschreibst, was ich zu dir sage?"

„Vielleicht ja", antwortet Marietta schelmisch, „nein, ganz so ist es nicht. Ich schreibe Romane. Das sind nicht immer wahre Geschichten. Oft geht meine Fantasie mit mir durch…"

Es folgt der zweite Annäherungsversuch von Erik, dem sonst so zurückhaltenden Kapitän:

„Gibt es denn einen Herrn Herbst, oder hast du einen Lebensgefährten oder gar einen Lebensabschnittsgefährten, wie es jetzt in Neudeutsch heißt?"

„Herrn Herbst gibt es für mich nicht mehr. Wir sind geschieden. Ich bin wieder Single, um dir in Neudeutsch zu antworten. Und wie sieht es bei dir aus? Gibt es eine Frau Hansen, eine Frau Kapitän?", fragt nun Marietta neugierig.

„Nein, ich lebe alleine wie ein einsamer Wolf, wohl eher wie ein einsamer Seebär!"

Überraschung im weiß-blauen Haus

Am nächsten Tag macht sich Sophie auf den Weg auf der Suche nach dem kleinen weißen Haus mit blau umrandeten Fensterklappen, das unterhalb des Deiches liegen soll. Es ist Parson Russell Ariana, die das Häuschen als erste entdeckt. Sie schnuppert wohl den Geruch von Schäfchen Benny. Und Benny ist es, der die beiden als erster mit einem freudigen Sprung in die Luft begrüßt. Mit seinem hellblauen Halsband auf dem weißen Fell sieht er auf der bunten Blumenwiese allerliebst aus.

Es dauert nicht lange und schon stürmt Ole aus dem weißen Haus mit einer blauen Glockenblume in der Hand:

„Diese blaue Blume schenke ich dir. Ich schenke dir nur eine davon, weil diese seltene Blume mit dem Namen Lungenenzian zu den schützenswerten Arten zählt. Halte diese kleine Blume in Ehren, liebe Sophie. Ich habe ihr den Namen „Sophie" gegeben in

Erinnerung an die schönen Stunden, die wir miteinander ver-
bracht haben und hoffentlich noch verbringen werden!" ♥

Während der junge Biologe Sophie die einzelnen Blumen auf der
Blumenwiese erklärt, springen Benny und Jani munter im Garten
herum. Bisweilen legen sie eine kurze Pause ein, setzen sich ins
Gras und schmusen ganz zärtlich miteinander.

„Manchmal träume ich von einer wunderschönen Wiese mit roten,
blauen, violetten, rosa, gelben und weißen Blumen, die es früher
einmal gegeben haben muss. Es ist, als ob ich mich erinnere. Als
wäre ich als kleiner Bub schon einmal hier in Ostfriesland gewesen. Dann ist da in meinen Gedanken das freundliche Gesicht einer lieben Frau, die mich streichelt, so streichelt, wie dies wohl
eine Großmutter tut... Ich weiß nicht, habe ich das einmal erlebt,
oder wünsche ich mir das nur?"

Bei diesen Worten schaut Ole seiner neuen Freundin tief in die
Augen und führt sie in sein Wohnzimmer. Am Fenster, das zum
Deich hin zeigt, steht ein kleiner runder Tisch aus gekälktem Pi-
nienholz, naturbelassen, mit vier passenden Stühlen mit gemütlichen, dunkelroten Sitzkissen. Auf dem Tisch das weiß-blaue Teegeschirr Dekor Friesland, die Teekanne steht auf einem weißen
Porzellanstövchen. Es gibt Ostfriesentee und Mandelplätzchen
sowie leckeres Konfekt. Auf der anderen Seite des Zimmers steht
ein dunkelblaues Jeanssofa mit einem Couchtisch aus schwarzem
Marmor, auf dem ganz viele Bücher über Blumen liegen.

„Das sieht ja total einladend aus: das Sofa aus Jeansstoff mit den
lila Kissen! Darf ich es fotografieren? Ich bereite nämlich einen
Bildband über kleine Häuser und individuell eingerichtete Zimmer vor", ruft Sophie begeistert.

„Du darfst und gerne können wir auf dem Sofa unseren Tee einnehmen. Ich dachte bis jetzt, du machst hauptsächlich Modeauf-
nahmen. Gerade eben habe ich jedoch auch gemerkt, wie du die
Wiese sowie Jani und Benny fotografiert hast."

„Ja, angefangen habe ich mit Modefotos, die ich verschiedenen
Frauenzeitschriften zuschicke und auf meine Webseite im Internet

stelle. Das ist nämlich so: die wahren neuen Modeideen sieht man auf der Straße oder im Krabbenkutter, zum Beispiel an Kapitän Erik und Naturschützer Ole! Doch hier bekomme ich auf einmal Lust, viele andere Dinge zu fotografieren, wie auch die Natur! Fotografieren heißt für mich, das Leben festzuhalten, den besonderen Augenblick für immer zu speichern. Da fällt mir ein Ausspruch von Johann Wolfgang von Goethe ein: ‚Verweile ach du Augenblick, du bist so schön‘. Damals konnte man einen besonderen Augenblick nur in Worten festhalten, vielleicht auch in gemalten Bildern, aber leider noch nicht in Fotografien."

Als Sophie dies sagt, drückt Ole sie ganz fest an sich und gibt ihr einen leidenschaftlichen Kuss. Er kann kaum von ihr lassen... Da klingelt es plötzlich. Ole öffnet die Tür und fragt:

„Hallo, was machst du denn hier?"

An der Haustür steht eine junge, blonde Frau mit einem Pferdeschwanz, ziemlich aufgebrezelt und auf Schickimicki zurechtgemacht mit viel Schminke und superhohen Absätzen. Als Sophie die Dame sieht, ergreift sie ihren Hund und sagt:

„Ich wollte sowieso gehen!" Dann stürmt sie mit ihrem Hund — wie vom Hafer gestochen — aus dem Haus und beide laufen den Weg in Richtung Dorf entlang.

Ostfriesentorte, ein Seelentröster

Jani und Sophie laufen so schnell sie können den Weg Am Alten Deich entlang, dann den Weg An't Hellinghus bis zum *Skipper Asterix*. Mit rotem Gesicht stößt Sophie die Eingangstür auf und jammert:

„Ole hat eine andere! Total aufgebrezelt und unnatürlich!"

Beruhigend spricht Marietta auf sie ein:

„Lass uns ein dickes Stück Torte mit viel Sahne essen gehen. So etwas hilft immer bei dem größten Kummer! Und du erzählst mir alles der Reihe nach."

Gemeinsam mit Odile gehen sie alle drei natürlich mit dem Russell Mädel ins Café *Greetsieler Backstube*. Dort gibt es leckeren Kuchen, und es ist oben auf der Galerie mit den hellgrünen Sesseln besonders gemütlich und dabei gleichzeitig modern eingerichtet. Die drei Damen bestellen drei Mal Ostfriesentorte, die Spezialtorte von Greetsiel, vielmehr von ganz Ostfriesland. Das ist ein wahrer Seelentröster. Selbst Marietta, die sich vorgenommen hat, nicht so viel Kuchen zu essen, und auch keinen Kummer hat, zeigt sich solidarisch. Heute achtet sie mal nicht auf ihre Linie. Vielmehr gönnt sie sich das dicke Stück Torte auch, weil sie so glücklich ist. Glücklich über den gestrigen Abend mit Erik.

Marietta möchte den Kapitän gerne näher kennen lernen. Er ist ihr sehr sympathisch. Vielleicht hat sie auch Flugzeuge im Bauch. Und es ist nicht immer angenehm, alleine ohne Mann zu sein. Es fehlt ihr doch sehr, dass ein Mann zärtlich zu ihr ist und sie lieb hat. Natürlich würde sie auch gerne ab und zu ausgehen oder einen Spaziergang als Verliebte zu zweit unternehmen. Immer öfter ertappt sie sich dabei, wie sie verliebten Pärchen nachschaut und an längst vergangene Zeiten denkt. Doch eine Zweitliga-Liebe möchte sie nicht wieder erleben.

So sitzen die drei Damen an einem Tisch auf den hellgrünen Sesseln auf der Galerie und genießen Cappuccino, Latte Macchiato und ganz normalen Kaffee. Seit einigen Monaten mag Marietta den Filterkaffee, wie er früher zubereitet wurde, wieder besonders. Am liebsten brüht sie sich diesen selbst in ihrem hellblauen Porzellanfilter auf. Es ist sehr behaglich in dem kleinen Café, und die drei lassen sich's so richtig gut gehen. Die junge Dame, welche die drei bedient, streichelt das Russell Mädchen Jani und erzählt, dass ihre Chefin nun auch einen Parson Russell Terrier namens Gustav hat. Das sind quirlige, intelligente Hunde! Und schon entspinnt sich ein Gespräch über Hunde und über Greetsiel. Herrlich die langen Spaziergänge auf dem Alten und Neuen Deich in Greetsiel, über die grünen Wiesen. Hundefans und ihre Vierbeiner sind in Greetsiel sehr gerne gesehen!

Während die Frauen sich angeregt unterhalten, schaut das junge Mädchen Odile verträumt in die Ferne. Sie denkt an den Nachmittag mit Jan in der dänischen Eisdiele. Jan mag am liebsten Spaghetti-Eis genauso wie Odile. Außerdem finden beide die Nordseeküste toll. Beide fühlen sich sehr wohl in Greetsiel. Wann wird sie Jan wiedersehen? Sie weiß es nicht. Am Hafen trifft man sich eigentlich immer wieder. Das ist der Mittelpunkt und Anziehungspunkt von Greetsiel!

Weite — Wiesen — Schafe

Es ist ein wunderschöner Tag. Heute geht Sophie wieder mit Jani spazieren, aber nicht am Hafen. Sie ist immer noch böse, dass Ole ihr nichts von seiner Freundin erzählt hat. Langsam kommen ihr jedoch Zweifel. Vielleicht ist die aufgebrezelte, platinblond gefärbte Dame gar nicht Oles Freundin. Sie passt so gar nicht zu ihm, dem sportlichen, natürlichen jungen Typ, mit dem man sicher Pferde stehlen kann. Das glaubt Sophie zumindest. Auf jeden Fall will sie ihm heute nicht begegnen. So geht sie mit ihrem kleinen Hund am Abenteuer-Spielplatz vorbei die Hauener Hooge entlang. Das ist ein ganz neuer Weg für Ariana, und sie beginnt eifrig zu schnüffeln, Zeitung zu lesen. Das ist wohl das Greetsieler Morgenblatt! Da plötzlich hat Sophie eine Idee. Sie könnten zu dritt mit Jani zum Leuchtturm wandern. Da kommt Ole bestimmt nicht hin, denn da sind keine Blumenwiesen. Diesen Vorschlag wird sie Marietta und Odile unterbreiten.

Im skandinavischen Feriendomizil angekommen, stürmt Sophie begeistert in das sonnendurchflutete Wohnzimmer:

„Was haltet ihr davon, wenn wir oben auf dem Alten Deich entlang gehen so weit, bis wir Schafe sehen? Wir gehen Nebenwege und dann am Ende des Weges An't Hellinghus die Treppe zum Deich hinauf, damit wir Ole nicht zufällig begegnen."

Nach diesen Worten geht Odile in die tolle Designer-Küche mit weißen Lackmöbeln, unterbrochen von zwei roten Frontflächen, um ihren kleinen karierten Rucksack mit Mineralwasser, Joghurt und frischem Obst zu füllen. Unterwegs können sie sich ja noch drei Krabbenbrötchen bei *Greetje*, der Fischgenossenschaft im Kalvarienweg, schnappen. Die sind immer lecker und gut geeignet, den Hunger zu stillen. Außerdem enthalten sie wertvolle Stoffe, wie Magnesium, Jod, Taurin. Dieser wertvolle Eiweißstoff wirkt fettschmelzend, wenn man viel frisches Obst, Gemüse sowie Vollkorn- und Milchprodukte in den Speiseplan einbaut. Das hat Odile einmal gelesen. Zwei Tütchen Gummibären mit Sanddorn, eine hiesige Spezialität, versteckt Odile ebenfalls im Rucksack als kleine Überraschung zum Nachtisch!

Es wird eine erholsame Wanderung. Nach der Biegung des Deiches beim Hellinghus sieht man in die Ferne aufs Wattenmeer. Unendliche Weite, endlose Wiesen und dahinten irgendwo der Pilsumer Leuchtturm. Als die drei, vielmehr vier mit Jani, so des Weges gehen, entdecken sie auf einmal Schafe unterhalb des Deichs. Sie werden von einem alten Schäfer begleitet, der so aussieht, als ob er nicht von dieser Welt ist. Er trägt einen langen weißen Bart und ein langes naturfarbenes Gewand. Wie man sich das als Kind vorgestellt hat, stützt er sich auf einen Stock. Marietta ist total fasziniert. Sie liebt Schafe. Sind sie doch der Inbegriff von Ruhe und Entspannung für sie. Wenn sie manchmal abends im Bett liegt und nicht einschlafen kann, weil sie über ihr Leben nachdenkt, dann beginnt sie, Schäfchen zu zählen. Oder sie denkt an ein Foto, auf dem Schafe sind, das Sophie irgendwann einmal an der Nordsee geknipst und ihr geschenkt hat. Das hilft meistens und sie schläft ein.

„Lasst uns zu den Schafen und dem Schäfer gehen", schlägt Marietta vor, „Jani ist angeleint, wie es vorgeschrieben ist, und sie ist ganz lieb. Seitdem sie Benny kennt, mag sie Schafe sehr!"

Die drei Frauen mit Hund schlagen den Weg zum Schäfer ein. Marietta denkt so bei sich: „Der Schäfer sieht so aus, als ob er viel weiß. Als ob er Gott und die Welt kennt. Ich werde ihm eine Frage stellen, deren Beantwortung sehr wichtig für mich ist."

„Mäh, mäh, mäh", werden die Spaziergänger freudig von der Herde begrüßt. „Moin, moin, liebe Urlauber!", heißt sie der Schäfer willkommen.

„Wir finden es herrlich hier! Ein wunderschönes Fleckchen Erde! Diese Weite, diese Ruhe und Ihre Schafherde. All dies strahlt für uns Städter, die bisweilen den Verkehrslärm nicht mehr aushalten können, eine friedvolle Ruhe aus. Und die Luft hier an der Nordsee ist einmalig frisch!"

„Und gratis!", entgegnet der Ostfriese wortkarg. „Ich lebe ja nun seit Ewigkeiten hier und kann mir das Stadtleben und all die Hektik auf den Straßen und Autobahnen gar nicht vorstellen."

Das ist das Stichwort für die Autorin:

„Wenn Sie schon lange hier leben, kennen Sie vielleicht den Kapitän Hansen?", fragt sie gespannt und ein wenig aufgeregt.

„Ja, den Erik kenne ich schon gleichsam von Geburt an. Ich war bei seiner Taufe dabei", nun taut der Schäfer auf und berichtet: „Erik Hansen ist der beste Krabbenkutter-Kapitän hier im Dorf Greetsiel. Er hat mit seinem Kutter JOHANNA schon so manchen Sturm überstanden und ist immer wohlbehalten mit seinem Fang im Hafen gelandet! Ein feiner Kerl. Nur einsam scheint er zu sein. Ich habe in letzter Zeit keine Frau an seiner Seite gesehen. Nur damals, als er ein junger Bursche war, so um die zwanzig Jahre alt, da gab es ein Mädel. Ein hübsches junges Mädchen mit langem blondem Haar. Die beiden trafen sich oft am Hafen am roten Kutter seines Vaters. Der Krabbenkutter hieß damals SOLVEIGH. Das ist der Name der großen Liebe seines Vaters, nämlich Eriks Mutter. Sie stammt aus Norwegen.

Nun, der junge Erik und das blonde Mädchen trafen sich oft; fast jeden Tag am Nachmittag, am Abend. Sie gingen Hand in Hand auf dem Alten Deich spazieren. Einen Sommer lang. Dann habe ich das blonde Mädchen nicht mehr gesehen. Niemand aus dem Dorf hat sie in diesem Sommer noch einmal gesehen…"

Nachdenklich und ein wenig traurig hat Marietta zugehört. Nach einem Moment der Stille möchte sie wissen:

„Was war dann? Was machte Erik Hansen?"

„Der junge Hansen ging auf die Universität in Kiel, studierte Ingenieurwissenschaften/Bereich Nautik und machte später dann sein Kapitänspatent bei einer Reederei in Kiel. Als frisch gebackener Kapitän heuerte er auf verschiedenen Kreuzfahrtschiffen an und befuhr die Weltmeere. Irgendwann vor einigen Jahren, als sein Vater die SOLVEIGH, den roten Krabbenkutter, nicht mehr fahren konnte, kehrte Kapitän Hansen nach Greetsiel zurück", erzählt der Schäfer, der sich von einem wortkargen Ostfriesen zu einem gesprächigen Erzähler verwandelt hat.

Doch die neugierige Autorin lässt nicht locker, so als ob sie eine Geschichte wittert.

„Ist das alles? Weiß niemand, was mit der jungen Frau mit den blonden Haaren geschehen ist? Wie ist ihr Name?"

Der Schäfer fasst sich an seinen langen weißen Bart und denkt nach.

„Dunkel erinnere ich mich. Nach etwa drei Jahren sah ich eine junge blonde Frau am Hafen stehen. An der Hand hielt sie einen kleinen Jungen von vielleicht zwei Jahren und zwei, drei Monaten. Sehnsuchtsvoll schaute sie auf den Hafen. Danach habe ich diese Frau nicht mehr gesehen. Ich weiß auch nicht genau, ob das die Freundin des Kapitäns war. Ihren Namen kenne ich nicht."

Diese Geschichte berührt nicht nur Marietta, sondern auch Sophie. Sie muss an das Gespräch mit Ole auf ihrer Bank am Hafen denken. Doch der Kapitän heißt nicht Ole. Er kann also nicht der Mann sein, den Ole sucht. Oder?

Als die vier sich von dem Schäfer verabschieden möchten, ist er schon mit seinen Schafen weiter gezogen dem Horizont entgegen…

Der Rückweg ins Hafendorf führt die drei Feriengäste mit Hund die Hauener Hooge entlang. Odile hat sich während des Gesprächs mit dem Schäfer mit der munteren Parson Russell Hündin beschäftigt und besonders angefreundet. Jani läuft nur noch neben ihr ganz lieb bei Fuß.

„Wie hast du denn das gemacht? Sonst ist die Kleine doch immer total wild und quirlig, selbst auf dem Rückweg", fragt Sophie gespannt.

„Das ist mein, vielmehr unser Geheimnis", antwortet Odile schmunzelnd.

„Was essen wir heute Abend? Ich habe da eine Idee!", so Sophie.

„Ich gehe zum *Greetje* frischen Fisch holen und bereite uns eine leckere Fischplatte vor. Tomaten, grünen Salat und Champignons sowie etwas Rucola haben wir ja noch in unserem Domizil. Was meint Ihr?"

„Das ist prima!", stimmen die anderen beiden Urlauberinnen zu.

Im Fischladen wartet eine Überraschung auf die junge Frau. Wer ist dort? Sie traut ihren Augen kaum und möchte am liebsten auf der Stelle im Boden versinken. Doch da begrüßt Ole sie freundlich:

„Moin, moin, wir müssen reden! Hast du heute Abend Zeit für einen Spaziergang auf dem Neuen Deich?"

Zittern und Kribbeln im Bauch

Am Abend 20 Uhr

Mit Zittern schaut sich Sophie am Neuen Deich um. Da ist er schon und wartet wohl bereits ein Weilchen. In der Hand hält er eine rote Rose. Mit seinem dunkelblauen Outfit inspiriert er die Trendforscherin, ein Foto zu schießen. Gut, dass sie ihren Fotoapparat beim Verlassen des Feriendomizils noch schnell gegriffen hat.

„Darf ich ein Foto von Ihnen machen?", fragt sie, wie sie es vor einigen Tagen bei ihrer ersten Begegnung getan hat. Deswegen siezt sie ihn auch. Doch ihre Stimme klingt etwas unsicher und vor Aufregung zitternd.

„Ja, gerne. Sie dürfen! Und nicht nur eins…", strahlt der junge Mann siegessicher, indem er die Szene weiterspielt. Nachdem

Sophie mehrere Fotos in verschiedenen Positionen geschossen hat, fährt Ole ganz normal fort:

„Als du gestern so plötzlich aus meiner Wohnung gestürmt bist, war ich unheimlich traurig. Du hast da etwas falsch verstanden. Die junge Frau, Sabrina Sommerwein ist ihr Name, ist nicht meine Freundin! Ganz und gar nicht. Ich habe sie kürzlich im Internet bei Facebook kennen gelernt, weil sie sich wie ich für Blumen interessiert. Auf ihre Mail hin hatte ich ihr geschrieben, dass sie mich besuchen kann, wenn sie einmal in Greetsiel ist. Ich wollte ihr meine Blumenwiesen zeigen. Eigentlich war ich davon ausgegangen, dass sie mich vorher anruft. Mit so einem spontanen Besuch hatte ich nicht gerechnet und, glaube mir, ich war genauso perplex wie du! Ich hoffe, dass diese Differenz damit aus unserem Leben beseitigt ist. Das wünsche ich mir!"

Während Ole die letzten Worte sagt, überreicht er Sophie die rote Rose und küsst sie innig, leidenschaftlich und zärtlich zugleich. Da ist es wieder dieses Kribbeln im Bauch, Schmetterlinge im Bauch. Sophie ist ganz hingerissen und schwebt auf Wolke 7! Das ist so ein Augenblick, in dem sie die Zeit anhalten möchte. Ole drückt sie ganz fest an sich, so dass sie seinen Körper spürt.

So hatte sie das mit Lukas nie erlebt. Da ergreift Ole die Gelegenheit und sagt:

„Ich habe zwei Ideen, mein erster Vorschlag:
Übermorgen fährt die MS Wappen von Norderney auf die autofreie Insel Juist. Dort gibt es nur Pferdekutschen, Fahrräder und Fußgänger. Wie in alten Zeiten. Das finde ich toll. Fernab von jeglichem Verkehrslärm. Sollen wir vier da zusammen hinfahren, natürlich mit Jani. Ich möchte auch den Kapitän fragen, ob er und Jan mitkommen können. Dann wären wir eine lustige Gruppe! Was meinst du?"

„Du machst immer so prima Vorschläge! Super! Ich muss noch Marietta und Odile fragen, doch ich denke, das geht in Ordnung. So ein ganzer Tag nur in der Natur ohne jeglichen Lärm von ‚Krach- und Stinkmobilen', wie wir die Autos heimlich nennen!

Das wäre schon toll. In Bad Godesberg eröffnen fast monatlich neue Geschäfte für Hörgeräte. Gibt es so viele hörgeschädigte Menschen? — Schön, dass es in Greetsiel auf den Deichen in Richtung Wattenmeer noch Orte der Stille gibt. Ich genieße das, wenn ich insbesondere am Morgen mit Jani unterwegs bin. Also, von mir ein klares, freudiges Ja zu diesem Ausflug!"

„Da freue ich mich wirklich. Übrigens es gibt hier in Greetsiel Zeiten, in denen es besonders ruhig und erholsam ist. Das sind die Monate Januar, Februar und November! Riesig wäre meine Freude, wenn du dann mal wieder kommst. Deine Freundinnen sind natürlich auch stets gern gesehene Gäste im kleinen Fischerdorf. Nun zu meinem zweiten Vorschlag:

Hast du vielleicht Lust und Zeit, morgen oder übermorgen eine Radtour mit mir zu unternehmen? Jani könnten wir in einem Fahrradkorb mitnehmen, den ich auf meinem Rad befestigen kann. Wie findest du meine Idee?"

„Sensationell! Am besten machen wir beides. Die Fahrt auf die Insel und die Fahrradtour. Wo soll's denn hingehen? Jedoch Jani freut sich auch, wenn sie einen Tag bei Odile bleiben kann, mit ihr toben und spielen und etwas mit Mutter und Tochter unternehmen kann. Denn mein Terrier hat sich gestern während unserer Wanderung mit Odile angefreundet. Also einverstanden!"

Ole strahlt vor Freude und entgegnet:

„Wo wir hinfahren, das verrate ich nicht. Lass' dich überraschen, Sophie, meine süße Kleeblume!"

Sophie ist gerührt. Denn so einen originellen Namen hat ihr noch niemand gegeben. Wieder zieht Ole sie eng an sich, umarmt die junge Frau und drückt sie ganz, ganz fest ...

Auf dem Drahtesel unterwegs

Am nächsten Tag zieht Sophie ihre hellblaue Jeans und eine rosa Sportbluse mit Vichy-Karo an. Dazu eine Sweatjacke mit Kapuze in Beere. „Meinen roten Anorak lasse ich in der Ferienwohnung, denn es wird sicher nicht regnen", denkt sie so bei sich. Als sie am Nachmittag den *Skipper Asterix* verlässt, steht Ole schon vor der Tür mit zwei Fahrrädern. Wie er das wohl geschafft hat, bleibt sein Geheimnis. Auf seinem Drahtesel hat er einen Picknickkorb befestigt. Prima! Ole ist ein praktischer junger Mann, der umsichtig ist und an alles denkt! Zum Abschied winken Marietta und Odile und die Hündin bellt noch einmal mit einem freudigen Wuffwuff!

„Heute habe ich mal einen Vorschlag: Lass' uns Dinge tun, die wir noch nie gemacht haben. Bist Du einverstanden?", ergreift Sophie die Initiative.

„Ja, das ist ein einmaliger Vorschlag. Wir werden sehen, was uns einfällt."

Links an den beiden skandinavischen Reihenhäusern vorbei geht's zum Abenteuer-Spielplatz und dann wieder einmal zur Hauener Hooge. In Ostfriesland gibt es ein Netz von Radfahrwegen von circa 3000 Kilometern. Die beiden jungen Leute genießen die freie Fahrt, den leichten Wind, die Sonne. Ole erzählt Sophie von den zwei Leuchttürmen in der Krummhörn.

„Weißt du, welches der höchste und damit der größte Turm an den Küsten Norddeutschlands ist?"

„Nein! Aber du wirst es mir gleich erzählen!", kontert die schelmische Trendforscherin ein wenig schnippisch.

„Das ist der Leuchtturm von Campen, den wir vielleicht ein anderes Mal besichtigen.

,Der Campener Leuchtturm wurde von 1889 bis 1891, also innerhalb von zwei Jahren, erbaut. Er wurde als Stahlkonstruktion auf drei Beinen errichtet, weil der Marschboden dort nicht ausreichend tragfähig war. Das Leuchtfeuer von Campen soll das Fahrwasser bis Borkum markieren. Von oben hat der Besucher einen herrlichen Ausblick auf den Nationalpark Niedersächsisches Wattenmeer. Doch wir beide fahren heute zum kleinsten Leuchtturm der Krummhörn. Das ist der Pilsumer Leuchtturm. Jeder kennt ihn, den kleinen dicken Turm, der außer Betrieb ist. Von 1891 bis 1915 — also 24 Jahre lang — wies das Leuchtfeuer dieses Turms den

Schiffen den Weg in die Emsmündung. Ursprünglich war der 11Meter hohe Turm rot.'

Weißt du, warum der Turm jetzt so bunt angestrichen ist mit leuchtend gelb-roten Farben?"

„Nein, das weiß ich nicht. Vielleicht kam ein verrückter Künstler auf die Idee! So, wie andere Künstler Gebäude oder Denkmäler einpacken."

„Gute Idee! Aber nein. Das war die Idee eines Sponsors. Außerdem müssen Leuchttürme, die außer Betrieb sind, als solche erkennbar sein. Dies muss durch Farben geschehen, die bei den Seezeichen unüblich sind. Ich persönlich finde unseren Leuchtturm sehr markant!"

Bei diesen Worten waren die beiden Radfahrer am Pilsumer Leuchtturm, dem sogenannten „kleinen Turm", angekommen.

„Das ist sicher etwas, was du noch nicht getan hast: Warst du schon auf diesem kleinen Turm?", fragt Ole schelmisch. „Nein!"

Die beiden erklimmen die eiserne Wendeltreppe. Sophie harrt gespannt der Dinge, die da kommen mögen. Oben unter dem Dach befindet sich ein Zimmer, das normalerweise verschlossen ist. Das Schloss kann nur von einer Amtsperson geöffnet werden, denn dahinter birgt sich ein Geheimnis.

„Warum führst du mich heute hierhin?", fragt Sophie erstaunt. Es kommt eine völlig unerwartete Antwort.

„Weil ich dich hier auf dem Turm heiraten möchte!", diesen Wunsch besiegelt er mit einer leidenschaftlichen Umarmung. Sophie ist so überrascht und überwältigt, dass ihr die Knie schlackern.

Ole schaut Sophie tief in ihre schönen blauen Augen und erklärt ihr die Historie des Trauzimmers.

„Es war nämlich so: Vor nicht allzu langer Zeit war das Dasein des Pilsumer Leuchtturms durch Beschaulichkeit und Ruhe geprägt. Lediglich in den Ferienzeiten besonders im Sommer kam Leben ‚in die Bude', wenn ich das mal so sagen darf. Irgendein Regisseur, vielleicht auch ein Schauspieler oder ein Filmproduzent, kam plötzlich auf die Idee, eben diesen Leuchtturm für verschiedene Filmprojekte und Fernsehaufnahmen zu nutzen. Insbesondere mit dem ‚Otto-Film' erwarb der kleine Turm einen gewissen Berühmtheitsgrad. Und dann kam ein heiratswilliger Junggeselle auf die glorreiche Idee, sich dort mit seiner Liebsten trauen zu lassen. So können sich seit dem 27. Mai 2004 Brautpaare im Trauzimmer des Turms das Jawort geben, das heißt, sie können dort standesamtlich heiraten. Von hier aus genießt man einen klaren Blick auf die Weite des Wattenmeers und der Nordsee. Schafherden, eine einmalige Vogelwelt, Wiesen, gesunde Nordseeluft, gewürzt mit einem frischen Nordseewind — all dies schafft ein wunderbares Ambiente für eine Hochzeit!"

Die junge Frau ist noch ganz gefangen, als die beiden die Treppe hinabsteigen. Das hatte sie wirklich noch nicht erlebt. Einen so romantischen, ein wenig indirekten Heiratsantrag. Das sollte nicht das einzig Neue sein, was Sophie an diesem Tag erlebt.

Als sie wieder auf der Wiese ankommen, fragt Sophie neugierig mit einem Zwinkern in den Augen:

„Du hast einen so schönen Korb mitgebracht! Was ist denn da drin? Darf ich hineinschauen. Mein Magen knurrt nämlich."

„Wollen wir jetzt hier ganz in der Nähe dort bei den Büschen unweit von Pilsum Picknick machen?"

„Au fein!", so die schnelle Reaktion der jungen Dame. Ole hat eine rot-weiß karierte Tischdecke mitgebracht, die er auf dem Gras ausbreitet. Norderneyer Schinken, Schafskäse und Geflügelwurst sowie Gänsegriebenschmalz, Opas Krintstuten, frische Tomaten, Gurken, Karotten, Biojoghurt zum Nachtisch mit frischen Erdbeeren: der Tisch auf der Wiese ist reich gedeckt mit allen Köstlichkeiten aus der Region. Den beiden Verliebten läuft das Wasser im Munde zusammen, als sie mit dem köstlichen Picknick beginnen. Ole hat auch eine Warmhaltekanne mit Ostfriesentee vorbereitet.

Nachdem sie fast alles aufgegessen und den Tee getrunken haben, fängt es ganz plötzlich an zu regnen. Der Regen wird immer heftiger, in der Ferne ein Donnern. Schnell ergreifen die beiden ihre Sachen, packen alles in den Picknick-Korb und schwingen sich, ohne ein Wort zu sagen, auf ihre Räder. Ab geht's zum nächsten Gebäude, das wie ein Gehöft aussieht. Roter Backstein, zwei, drei einzelne Häuser, in der Mitte ein Hof. Der Donner wird immer heftiger. Bevor die ersten Blitze nahen, gelingt es ihnen gerade noch, in das Haupthaus zu stürmen.

Sie treten in einen großen Gastraum, der durch ca. 1,50 m hohe Holzwände in einzelne Abschnitte aufgeteilt ist. Oben stehen Namen, wie Olga, Ottilie, Amelie, Elfriede und weitere. Das sind wohl die Namen der Kühe, die dort früher einmal gestanden haben, als das Gebäude noch ein Kuhstall war.

Sophie ist sehr begeistert von diesem urigen Gasthaus und gibt ihrem Ole ein spontanes kleines Küsschen:

„Ich möchte dich riesig gerne zu einem Glas Rotwein oder auch zwei einladen! Hast du Lust?"

„Wozu?", fragt Ole ironisch mit einem erotischen Unterton. „Ich für meinen Teil habe zu allem Lust!"

Daraufhin bestellt Sophie eine Karaffe italienischen Rotwein Montpulciano, den sie beide schon im Restaurant *FestLand* getrunken haben. Dazu eine Käseplatte und eine Schale mit leckerem Konfekt.

„Wir müssen heute noch etwas tun, was wir beide noch nie gemacht haben. Hast du eine Idee, liebe Kleeblume?"

„Ja, hast du schon einmal mitten auf der Landstraße einem Frosch das Leben gerettet? Hast du ihn davor bewahrt, dass er von einem Auto überfahren wird?"

„Nein! Aber, wie sollen wir das jetzt machen? Sollen wir unseren Wein und unsere Leckerbissen auf der Stelle stehen lassen und bei diesem Gewitter an der Landstraße nach einem quakenden Frosch Ausschau halten?", fragt der junge Biologe lachend.

Bei dieser Vorstellung kann sich auch Sophie kaum vor Lachen halten und meint, das müssten sie auf einen anderen Tag verschieben. Es wird ja auch schon schummrig. Draußen blitzt und donnert es! Plötzlich kommt der Ole auf eine originelle Idee:

„Hast du schon einmal im Stroh geschlafen?", dabei summt er leise. „Ein Bett im Kornfeld ist immer für uns frei…"

Sophie kontert: „Das können wir gerne ausprobieren, wenn du jetzt im Dunkeln ein Kornfeld in der Nähe findest! Und wenn es nicht zu nass vom Regen und Gewitter ist. Außerdem weiß ich nicht, ob es noch ein weiteres Gewitter gibt."

„Das schaffe ich!" Ole steht auf und geht schräg gegenüber zum Empfang des Hotels, das sich auf einmal als Heuhotel entpuppt.

„Wir haben Glück! Ein Bett im Kornfeld, sprich Heu, ist noch für uns frei!"

„Na dann! Du bist ja ein raffinierter Schelm! Hast du das Unwetter etwa extra bestellt? Aber genießen wir erst einmal den vollmundigen Rotwein und den tollen Käse hier aus der Region! Das Konfekt können wir gerne mit ans Bett im Kornfeld nehmen!", freut sich die Trendforscherin, die sich dabei überlegt, ob Schlafen im Heu ein neuer Trend werden könnte.

Ole nimmt Sophies Hand und ist total verliebt. Er schaut ihr tief in die Augen. Tiefer und tiefer und philosophiert:

„Weißt du, manchmal denke ich, das Leben ist wie eine Reise im Zug. An den einzelnen Haltestellen steigen andere Menschen ein, die dich eine Zeit — mal kurz, mal lang — begleiten und dann irgendwann steigen sie wieder aus. Allerliebste Sophie, ich möchte, dass du aus meinem Zug auf meiner Reise in das Leben nie wieder aussteigst," und danach fährt er mit einem ernsten Gesicht fort. „Ich möchte dich mit in mein Leben nehmen. Viel versprechen kann ich dir nicht. Vielleicht werden wir zwei Kinder haben, einen kleinen Hund und ein kleines Schaf und später einmal ein kleines Haus mit einem Garten mit vielen, vielen bunten Blumen!"

Sophie hört aufmerksam zu. So etwas Schönes hat sie noch nie in ihrem Leben gehört. Wie aus der Pistole geschossen, fragt sie: „Werden wir Benny, dein junges Schäfchen, bei uns haben?"

„Nein, wohl eher nicht. Das habe ich nur so gesagt. Denn wenn Benny acht Wochen alt ist, werde ich ihn wieder in seine Herde integrieren. Ich wünsche mir, dass du mir dabei hilfst."

„Ganz bestimmt!", antwortet die junge Frau.

In der Speisekarte des Hofcafés und Heuhotels lesen sie die Historie und die Philosophie des alten ostfriesischen Gulfhofs, der 1683 nahe am Deich mitten im Naturschutzgebiet erbaut wurde. Der eigentliche Gasthof befindet sich in einem ehemaligen Kuhstall. Eine besondere Attraktion, insbesondere für Familien mit Kindern, sind artgerecht gehaltene Tiere, wie Ponys, Pferde, Hühner und Streicheltiere, wie Katzen und Ziegen. Weiterhin leben ein Hängebauchschwein und der kinderliebe Neufundländer Wotan auf dem Hof. Alles in allem bietet der Gulfhof *Akkens* vor allem Kindern viele Freiräume, und es gibt keinen Autoverkehr. Im Hofcafé bietet die Wirtin nachmittags frischen, selbstgebackenen Kuchen zu Kaffee- und Teespezialitäten an.

Die beiden erzählen sich noch andere Geschichten aus ihrem Leben und genießen die Zweisamkeit. Spontan ergreift Ole die Schale mit dem leckeren Konfekt und meint zu Sophie:

„Meine kleine Naschkatze, folgst du dem Konfekt? Dann machen wir uns einen süßen Abend im Heu!" Dabei packt er sie und wie bei Goethe im „Faust" kann man sagen: „Halb zog er sie, halb sank sie hin…"

Aufgeregt betritt Sophie den Heustuben, quasi das Bett im Kornfeld. Groß ist ihre Überraschung, als sie auf dem Heu einen weinroten Schlafsack für zwei Personen und einen runden Tisch mit einer kleinen rosa Nachttischlampe entdeckt. Auf einer weißen alten Kommode steht ein Grammophon, so wie man es in den 60er Jahren vor der Erfindung der CDs hatte. Daneben liegen einige Schallplatten. Ole legt eine Schallplatte auf und es ertönt:

„Sailing away…", gesungen von Chris de Burgh. Sie segeln in den Rausch der Leidenschaft…

Mit der MS Wappen von Norderney auf die Insel Juist

Am nächsten Tag, einem Sonntag, fahren die drei Feriengäste mit Ole Winter und Erik Hansen sowie Jan auf die Insel Juist. Juist ist eine der sieben ostfriesischen Inseln, die dem Festland Ostfriesland vorgelagert sind. Vier Inseln sind autofrei, und zwar Juist, Langeoog, Spiekeroog und Wangerooge.

Nach einer eindrucksvollen Fahrt durch den kleinen Fjord, wie Marietta immer so schön sagt, und das Naturschutzgebiet Wattenmeer und anschließend in der Nordsee gelangt die MS Wappen von Norderney nach Juist. Im Hafen angekommen, können die Fahrgäste direkt auf die Insel laufen. Einfach toll! Eine Pferdekutsche wartet ebenfalls auf Gäste. Das sind wohl eher die Gäste des eleganten weißen Kurhotels im Jugendstil, das imposant in der ersten Reihe unmittelbar in Strandnähe steht.

Eine snobistisch wirkende blonde Dame mit einer riesengroßen Sonnenbrille, wie sie Audrey Hepburn im Film „Frühstück bei Tiffany" trug, gekleidet im Burberry-Style mit einem original Burberry-Trenchcoat mit passendem Schal dazu, versucht mit ihren eleganten roten Pumps mit hohen Absätzen die Treppe der Kutsche zu erklimmen. Ihr Partner mit einem Panama-Strohhut, weißem Leinenanzug und handgenähten braunen Schnürschuhen hilft ihr galant hinauf.

Alle Gäste sind wohl „reif für die Insel"! Da meint der Kapitän: „Mich verwundert es jedes Mal, wie viele Menschen auf eine autofreie Insel fahren. Hier können sie auf einmal auf ihr Auto verzichten, während viele Leute auf dem Festland ständig das Auto benutzen, selbst wenn sie 300 m zum nächsten Bäcker fahren! Hier genießen die Gäste die gute Luft und die Ruhe — frei von Autoabgasen und Autolärm. Ähnliche Konzepte, wie sie hier auf den autofreien Inseln verwirklicht werden, könnte man ja auch in den Städten anwenden. Was denkt ihr? Was denkst du, Ole?"

„Da muss ich dir Recht geben. Über dieses Thema denke ich auch oft nach. Und ich freue mich immer wieder, dass es Menschen gibt, wie ihr drei es seid. Toll, dass ihr mit der Bahn und dem Bus hierher nach Greetsiel gefahren seid! Das ist vorbildlich. Leider kommen nur sehr wenige Touristen mit der Bahn nach Greetsiel. Vielleicht hält die anschließende Fahrt mit dem Bus von Emden oder Norden nach Greetsiel die Feriengäste davon ab. Es soll noch alte Schienen aus der Zeit geben, als eine Eisenbahn direkt bis nach Greetsiel fuhr. Wenn man diese Bahnstrecke wieder aktivieren könnte, dann wäre die Fahrt für Feriengäste bequemer und vielleicht auch lustiger. Denn man könnte einen Nostalgiezug aus alten Zeiten reaktivieren!

Was ein Konzept für verkehrsberuhigte Städte betrifft, so habe ich mir etwas überlegt. Am Rande der Städte könnte man größere Parkplätze errichten, wie dies in Greetsiel in kleinerem Maßstab bei den Parkplätzen am modernen Einkaufszentrum und am Ortsbeginn in der Nähe der Windmühlen der Fall ist. Innerhalb der Städte könnten sich die Bürger mit Fahrrädern oder Elektro-Shuttles von einem Ort zum anderen bewegen. Das würde den CO_2-Ausstoß und den Straßenlärm erheblich verringern und so die Umwelt schonen. Die Städte und Ortschaften wären dann für uns alle wohnlicher, das heißt, die Wohn- und Lebensqualität würde steigen. Das ist mein Konzept! Ich muss es nur noch patentieren lassen!", meint Ole humorvoll mit einem Schmunzeln.

„Habt ihr auch Lust, frischen Fisch zu essen?", fragt Marietta in die Runde, „vielleicht finden wir ein Fischrestaurant mit Garten. Die Sonne scheint. Das müssen wir genießen!"

Als sie dies sagt und sich dabei umschaut, entdeckt sie auch schon ein Fischrestaurant mit Tischen und Strandkörben draußen. Es duftet nach frischem Fisch, der gerade in der offenen Küche gebraten und gegrillt wird. Da läuft den Inselbesuchern das Wasser im Munde zusammen. Nach dem köstlichen Fischessen fragt Jan: „Odile und ich, wir möchten Eis essen zu gehen! Möchte jemand mitkommen?" Alle schauen sich fragend an. Dann entgegnet Ole: „Ich würde gerne zum Strand gehen. Sophie, du hast dein Badezeug ja auch mitgebracht! Kommst du mit? Wer möchte außerdem mitkommen?"

Das klingt ein wenig so, als wollte er sagen: „Möchte da etwa noch jemand mitkommen?" In der Tat, sein größter Wunsch ist es, mit Sophie alleine zu sein.

Marietta findet den Vorschlag nicht so toll und rümpft ihre Nase: „Ich möchte mir gerne die Insel anschauen. Wer ist dabei?"

Erik Hansen hebt die Hand, wie dies ein braver Schüler tut: „Den Vorschlag finde ich toll. Ich bin ja sonst eher auf dem Wasser als auf einer Insel. Somit möchte ich mich gerne anschließen!"

Alle ziehen von dannen — jeweils in die entsprechende Richtung.

Die Autorin und der Kapitän biegen vor dem eigentlichen Strandzugang nach rechts ab und gehen auf einem Dünenweg parallel zum Meer entlang. Das ist ein gemütlicher Weg, wie überhaupt die ganze Insel Juist einen sehr gemütlichen Eindruck macht. Viele kleine Gruppen mit oder ohne Kinder, mit oder ohne Hund, stehen vor einzelnen kleinen Häusern, vor dem Strandeingang. Auch vor dem Strandcafé stehen Leute, die auf einen Platz an der Sonne im wahrsten Sinne des Wortes warten. „Dieses Café ist wohl total in", meint Marietta.

„Darf ich dich später hier auf einen Cappuccino und Sanddorn-Kuchen einladen? Nach unserem Spaziergang?", fragt Erik.

„Ja, sehr gerne! Wenn wir dann einen Platz finden!", antwortet Marietta mit einem ironischen Lächeln, indem sie die Nase faltet.

„Da ist es wieder! Dein charmantes Naserümpfen! Wie du deine Nase faltest, das mag ich immer wieder sehr!", meint der Kapitän.

Schweigend gehen sie den Weg entlang. Ab und zu lächeln sie sich an oder schauen in die Ferne. Es gibt Augenblicke, da sind sie sich ganz nah, und dann wieder sind sie sich ganz fern. Merkwürdig und spannend zugleich.

Diesmal ist es Marietta, die einen Vorstoß wagt:

„Warum bist du der einsame Wolf, vielmehr der einsame Seebär, wie du in der *Börse* gesagt hast?"

„Das ist eine lange Geschichte! Vielleicht erzähle ich sie dir ein anderes Mal. Nur dies: Als ich ein junger Bursche war, begegnete ich in Greetsiel am Fischerhafen einem jungen Mädchen mit blondem Haar. Wie vom Blitz getroffen, verliebten wir uns ineinander. Die Liebesgeschichte dauerte nur einen Sommer. Leider! Das Mädchen verließ Greetsiel. Plötzlich und unerwartet. Obwohl ich damals gehofft hatte, dass wir uns wiedersehen, dass wir immer zusammenbleiben. Sie ging und ich hörte nichts mehr von ihr.

Damals musste ich lernen, dass die schönsten Mädchen in der Ferne wohnen. Und dass sie nicht wiederkommen, wenn sie einmal gegangen sind. Diese schmerzhafte Erfahrung wollte ich kein zweites Mal machen."

Nachdenklich schaut die Autorin den einsamen Seebär an.

„Und du, wie fühlst du dich so als Single? Bist du manchmal einsam, obwohl du sicher unter deinen Freunden und Kollegen nicht allein bist", fragt Erik neugierig und interessiert zugleich.

„Nein, eigentlich nicht. Da ist ja noch meine Tochter. Obwohl ich natürlich genau weiß, dass ich sie nicht als Ersatzpartner ansehen darf. Auf jeden Fall sind wir beide ein gutes Team! Du kannst ja

Odile mal fragen! Außerdem fühle ich mich auch nicht einsam, weil ich als Autorin den richtigen Beruf habe. Durch das Schreiben bin ich nicht allein. Meine Figuren, die in meinen Romanen und Geschichten eine Rolle spielen, sind immer bei mir. Ich mache mir Gedanken über ihren Charakter. Sie lassen mich an irgendeinen Menschen denken, den ich einmal getroffen habe oder den ich kenne. Das kann mein Nachbar sein, das kann meine Freundin sein. Das kannst auch du sein, lieber Erik!" Dabei lacht Mariette neckisch.

Plötzlich geschieht etwas Unerwartetes. Erik bleibt stehen, als sie an eine Stelle des Dünenweges gelangen, die einen weiten Blick auf die Nordsee freigibt. Schweigend legt er den rechten Arm um Marietta und flüstert:

„Ich mag dich, Marietta. So ein tiefes Gefühl habe ich schon lange nicht mehr empfunden." Schweigend gehen die beiden zurück zu dem tollen Café und genießen dort den Blick auf die Nordsee.

Sophie und Ole genießen die Zeit am Strand. Sie wollen immer nur alleine sein und schmusen, sich streicheln. Ganz heimlich am Strand. Ohne ein Wort zu sagen, haben sie sich einen stillen Platz am Rand des Badestrandes ausgesucht. Ein wenig entfernt von den anderen Strandbesuchern. Sophie drückt sich an Ole. Am liebsten wäre die junge Frau wieder im Stroh wie gestern im Heuhotel oder irgendwo im Kornfeld nur sie beide. Aber hier ist es auch schön. Es weht ein leichter Wind, und die Sonne strahlt. Und sie spürt seine Männlichkeit, und es könnte immer so bleiben.

„Du duftest so gut", schnuppert Ole, „nach dir und ein wenig nach einer bestimmten Sonnenmilch." Der Duft erinnert ihn an seine Kindheit. Aber er weiß nicht, an welchen Augenblick. Da plötzlich fliegt eine große Möwe über ihre Köpfe. Ist das vielleicht eine Lachmöwe? Ole hat sein Stichwort:

„Weißt du eigentlich, dass die Lachmöwe ursprünglich nur im Binnenland brütete? 1931 brütete sie erstmals im deutschen Wattenmeer. Heute ist sie einer der häufigsten Brutvögel an der niedersächsischen Küste. Die typische schokoladenbraune Gesichtsmaske ziert sie nur in der Brutzeit. Danach bleibt nur ein Fleck hinter dem Auge zurück!"

Der gelehrte Biologe kann's nicht lassen; er freut sich immer, wenn er Zuhörer findet.

Irgendwann nach etwa 2 bis 3 Stunden treffen sie sich wieder mit den anderen gegenüber dem großen weißen Kurhotel. Das ist ein guter Treffpunkt, gut sichtbar und nicht zu verfehlen. Odile und Jan kommen mit Russell Hündin Ariane vom Eis essen und vom Stromern durch das Dorf. Sie haben viel gelacht, haben beide noch Schokoladeneis in den Mundwinkeln und sind guter Dinge.

„Ihr seht ja lustig aus!", bemerkt Sophie.

Auf der Rückfahrt nach Greetsiel mit der MS Wappen von Norderney setzen sie sich alle hinten aufs Schiff und genießen Sonne und Wind und träumen... jeder auf seine Art, jede auf ihre Art.

Norden

Das ist nicht nur der Norden Deutschlands, nein, das ist auch eine Stadt in Ostfriesland. Weil Marietta eine Facebook-Freundin in Norden hat, mit der sie sich gerne treffen möchte, schlägt sie am nächsten Tag beim Frühstück vor, einmal dorthin zu fahren. Eine tolle Gelegenheit, wieder einmal zu dritt mit Jani etwas zu unternehmen. Mit dem sogenannten 1 €-Ticket können Kurgäste für nur 1 € zu irgendeinem Zielort in Ostfriesland fahren. Das wollen die drei Freundinnen unbedingt ausprobieren!

Mit einem komfortablen Überland-Reisebus fahren sie von der Haltestelle Greetsiel Schule aus an Feldern, Wiesen und Weiden vorbei. Hier sehen sie Pferde, Kühe, Schafe, Schweine, Gänse, Hühner: alle Tiere werden artgerecht gehalten. Bisweilen ein Bauernhof, bisweilen lockert ein kleiner Weiher, wie Manslagt oder Pilsum, die flache Landschaft auf. In der Ferne Windräder für die umweltfreundliche, nachhaltige Stromgewinnung. Sie gehören zur Landschaft dazu wie die alten Windmühlen auch. Manchmal haben sie rote Rotorblätter, was Odile besonders gefällt. Die Schülerin äußert folgende Idee:

„Ich würde die Rotorblätter in Lila, Rosa, Pink, Weinrot anstreichen; in einem anderen Landstrich dann vielleicht Himmelblau, Azurblau, Türkis oder Dunkelblau. Man könnte wahre Kunstwerke daraus gestalten. Kunstwerke für den Klimaschutz! Was meint ihr?"

„Ja, das ist sicher ein guter Vorschlag! Nur müssten die Forscher und Erfinder auch etwas für die Geräuschdämmung tun. Erfindungen im Bereich der Geräuschreduzierung für Autos, Züge, Flugzeuge, aber auch Gartengeräte, wie diese nervtötenden ,Blattsauger', wären auch sehr sinnvoll."

In Norden entdecken sie nahe dem Bahnhof eine imposante alte Windmühle. Von dort führt der neue Weg geradewegs in die Innenstadt. Doch der Busfahrer empfiehlt den Fahrgästen, bis zum Mittelmarkt zu fahren, wo die alte evangelische Ludgeri-Kirche steht.

„Schaut mal, da ist das Teemuseum", ruft Odile, „und da ist ein lila Laden, der lila ist und auch ,das lila Haus' heißt! Lustig und originell!"

Nach einer kurzen Pause im Ludgeri-Park am Mittelmarkt schlendern die drei Frauen in Richtung Fußgängerzone. Dort im Alten Weg ist es wieder einmal Odile, die eine süße Boutique entdeckt. „*Ideen auf Nordisch*" heißt sie.

„Schaut doch mal, da ist eine ähnliche Holz-Komposition, wie sie in unserer Ferienwohnung im Schlafzimmer hängt. Ein Leuchtturm und ein Schiff in einem hellblauen Holzrahmen. Die einzelnen Teile kann man nach eigenen kreativen Ideen in einem Holzrahmen unterschiedlicher Größe zusammenbasteln. Das ist eine super Idee, wie ich finde."

Odile ist begeistert, stürmt in den Laden und kauft sich direkt von ihrem Taschengeld eine eigene Komposition. Es gibt noch weitere Lädchen, Geschäfte und Bücherläden, in denen sie stöbern. Als Autorin interessiert sich Marietta für Geschichten und Romane, die in Greetsiel und Umgebung spielen. Da gibt es hauptsächlich Krimis. Marietta liest doch so gerne Liebesgeschichten. Sie findet keine! Da muss sie eben selbst eine schreiben. Es ist, als träume sie immer noch von ihrem Traummann trotz der herben Enttäuschung mit ihrem Ex-Mann. „So ist das Leben", denkt sie dann immer zum Trost in dem Bewusstsein, dass sie nicht die Einzige ist, die eine derartige Enttäuschung erlebt hat. Sie hatte sich in der Wahl ihres Ehemannes eben getäuscht und ist jetzt enttäuscht.

Während die Autorin die Nordsee-Bücher betrachtet, die auf dem Tisch am Eingang ausgelegt sind, geht ihr eine Idee durch den Kopf. Eigentlich gibt es in Greetsiel keine Buchhandlung. Sicher kann man in einigen Souvenir-Läden in den Mühlen und gegenüber Bücher aus der Region erwerben. Jedoch die Auswahl ist nicht allzu groß. So hat Marietta einen Gedanken, den sie noch vertiefen möchte, dem sie noch nachgehen möchte.

Irgendwann nach all dem Schauen und Stöbern stupst Sophie ihre Freundin an mit den Worten:

„Hast du vielleicht auch Lust, Kaffee zu trinken? Du wolltest dich ja noch mit deiner Facebook-Bekannten treffen." Schon fragen sie zwei junge Frauen nach einem Café hier in der Nähe.

„Café Remmers!", so die einstimmige Antwort der beiden jungen modernen Frauen. „Noch etwa 100 m und dann seht ihr auf der linken Seite das Café Remmers mit Rattanmöbeln und Sandsäcken auf der Terrasse. Das könnt ihr gar nicht verfehlen. Auf der 1. Etage ist es besonders gemütlich im Bistro-Stil eingerichtet!"

Gesucht — gefunden! Da ist es schon, das berühmte, vielleicht auch berüchtigte Café Remmers in Norden. Vielleicht hat hier schon so manches erste Rendezvous oder Date stattgefunden. So manche wilden, verstohlenen Küsse in der Ecke am Fenster. Vielleicht hat so mancher Krimiautor hier einen Einfall für einen neuen Ostfriesland-Krimi gehabt. Doch Marietta schreibt keine Krimis. Das ist nicht so ihr Ding! Warum muss es immer eine Tote oder einen Toten geben, damit die Sache spannend wird? Das ist doch eher irgendwie eklig und abscheulich…

Nachdem die drei Frauen und Hündchen Ariana einen behaglichen Platz rechts in der Ecke des vorderen Bereichs auf der 1. Etage gefunden und sich eingerichtet haben, schickt Marietta ihrer Facebook-Bekannten Maybrit eine SMS. Da Maybrit in einer Nebenstraße wohnt, ist sie ganz schnell im Café. Maybrit Schäfer schreibt Geschichten für Kinder, die meistens am Meer spielen. Bei Facebook tauschen die beiden Internet-Bekannten ihre Erfahrungen aus. Geheime Aufzeichnungen finden natürlich per Mail und nicht auf dem Portal öffentlich statt. Marietta ist gespannt, denn das ist das erste persönliche Treffen mit Maybrit.

Hier im Café Remmers kann man auch mittags oder später noch ein Frühstück bestellen. Die Frühstücksvariationen in den Cafés sind phantastisch im Norden. Auch in Greetsiel gibt es tolle Angebote! Also ein Schlemmerfrühstück und zweimal Rührei mit Cappuccino für Sophie und Marietta und Latte Macchiato für Odile.

Da plötzlich kommt eine zierliche, dunkelhaarige Frau mittleren Alters um die Ecke und begrüßt die drei freudestrahlend.

„Schön, dass wir uns treffen und dass wir unseren bereits per Facebook und Mail stattgefundenen Gedankenaustausch nun persönlich fortführen können. Toll ist es auch für mich, jemandem aus der ehemaligen Heimat zu begegnen. Ja, ich habe bis vor etwa 1 ½ Jahren in Bonn-Bad Godesberg gelebt. Auf einmal wurde es für mich zu eng. Zu viele Menschen in der kleinen Stadt, in Bonn, in Köln. Zu viel Hektik, zu viel Unruhe, zu viele neue Gesichter. Mit meinen Eltern bin ich schon früher als Kind oft und gerne an die Nordsee gefahren. Das Meer, die gute, frische Luft, die Weite — all das liebe ich. Als dann im Mai 2011 Straßenkämpfe zwischen Rechtsradikalen und Salafisten in Bonn-Lannesdorf, einem Viertel von Bad Godesberg, stattfanden und dabei Polizisten mit Gewalt angegriffen wurden, da hat es mir gereicht. Es war wie ein Schalter, der umgeknipst wurde", erzählt Maybrit wie ein Wasserfall.

„Hast du denn so schnell eine Wohnung hier gefunden?", fragt Sophie neugierig.

„Ja, das ging alles sehr schnell! Und nun fühle ich mich sehr wohl hier. Meine Kinderbücher kann ich überall schreiben. Wie du mir erzählt hast, schreibst du auch, Marietta, und zwar Romane. Und was machst du, Sophie?"

„Ich mache die Bilder für eure Texte! Nein, das war Spaß! Ich fotografiere. Im Wesentlichen Mode. Als Trendforscherin fotografiere ich Alltagsmode. All das, was man, also Mann oder Frau oder Kind im Alltagsleben trägt. Auf der Straße, in der Bahn, in der Freizeit, beim Sport, im Büro, in der Schule, im Kindergarten. Denn da zeigt sich der wahre Trend. Diese Fotos stelle ich zum Teil auf meine eigene Webseite, gebe sie an Modefirmen, Modemagazine, Modeschöpfer weiter. Auf dieser Basis und aufgrund weiterer Inspirationen entsteht dann die neue Mode für die kommende Saison."

„Aber das, was du eben gesagt hast, ist gar nicht schlecht. Wir könnten zusammen ein Projekt planen mit Texten von uns und Bildern von dir! Ein gemeinsam von uns gestalteter Bildband über die Krummhörn — das ist eine formidable Idee!" Diesen plötzlichen Einfall hat Maybrit.

Auf einmal meldet sich Jani, die bis jetzt ganz brav unter dem Tisch gelegen hatte. Ab und zu hat sie etwas Rührei von Odile bekommen ganz heimlich. Nun ergreift Odile die Leine und geht mit Jani Gassi mit den Worten:

„Da sind noch einige kleine Geschäfte, die ich mir anschauen möchte!" Schon springt sie munter die Treppe hinunter und das Russell Mädel mit ihr. Maybrit bittet Sophie, ihr ihre neuesten Fotos aus Greetsiel zu zeigen. Als sie das eine Foto sieht, das auf dem Krabbenkutter aufgenommen wurde und das Erik Hansen mit Ole Winter zeigt, ist sie ganz begeistert und meint:

„Die beiden Typen sehen ja gut aus. Schaut genau hin. Die beiden sehen sich ähnlich. Sie könnten fast Vater und Sohn sein."

Sophie entgegnet: „Das ist leider nicht der Fall! So schön es auch wäre. Der Vater von Ole Winter soll Ole mit Vornamen heißen. Und Erik Hansen heißt nun mal Erik!"

Die drei Frauen finden kein Ende beim Ausmalen ihres neuen Projekts. Nach einem ereignisreichen Tag kehren die Gäste in das Feriendomizil in Greetsiel zurück.

Ich zeig dir mein Greetsiel ♥

Am nächsten Morgen entdeckt Marietta eine SMS auf ihrem Handy mit dem Wortlaut:
„Ich zeig dir mein Greetsiel, wenn du möchtest. Erwarte sehnsuchtsvoll deinen Anruf! Gruß und Kuss Erik".
Ganz aufgeregt geht sie ans Fenster und schaut in die Ferne. Da ist es wieder dieses Kribbeln im Bauch, das die Autorin schon lange nicht mehr gefühlt hat. Der Kapitän und Marietta verabreden sich für 10.00 Uhr am Hafen auf der famosen Brücke. Marietta ist sehr, sehr aufgeregt. Es ist wie beim ersten Rendezvous. Da steht er schon auf der Brücke mit einer rosa Rose in der rechten Hand. Erik! Woher weiß er, dass Rosa ihre Lieblingsfarbe ist und dass sie rosa Rosen mehr liebt als rote Rosen? Vielleicht eine Eingebung? Oder ein Zufall? Das möchte Marietta jetzt gar nicht wissen, sie freut sich nur! Erik überreicht ihr die wunderschöne Rose und gibt ihr einen zarten Kuss auf die linke Wange. Am *Hohen Haus* entlang, dann an der alten evangelischen Kirche vorbei führt sie ihr charmanter Fremdenführer zum Kattrepel. Das ist ein kleiner Seitenkanal, einer von den zahlreichen Wasserläufen, die Ostfriesland durchziehen.
„Dieser Kanal ist zwar klein, und doch ist er so wichtig für die Schifffahrt", erklärt der Kapitän mit ernster Miene, „früher war er eine bedeutende Schifffahrtsverbindung zwischen Emden, Greetsiel und der offenen Nordsee. Schau mal, von dieser Stelle aus hast du einen einmaligen Blick auf die Greetsieler Kirche, die in den Jahren 1380 bis 1400 erbaut wurde."
Während er dies sagt, legt er plötzlich schüchtern wie ein Pennäler seinen Arm um ihre Schulter. Marietta fühlt sich einfach nur wohl und denkt, dieser Augenblick könnte ewig dauern: „Verweile ach

du Augenblick, du bist so schön!" Dieses schon erwähnte berühmte Zitat von Johann Wolfgang von Goethe kommt ihr wieder einmal in den Sinn. Sie weiß nicht, warum.

Im Kattrepel: so heißt auch eine kleine Seitengasse, die rechts an der Tönnbank, einem pittoresken Lädchen, vorbeiführt. Weiße Häuschen, kleine Kunstgewerbegeschäfte, Kopfsteinpflaster, ein

Laden mit einem Hund davor, der den Kopf in eine Kuhle steckt und sein Hinterteil samt Schwanz wie eine Ente beim Gründeln nach oben streckt. Das ist natürlich kein echter Hund, nur das Werk eines Bildhauers. Der kleine Hund vor dem Baum ist ein Parson Russell Terrier wie Asterix, der hier leibhaftig im Vordergrund des Bildes steht.

Dann kommen die beiden am *Atelier.Einraum* vorbei, das, wie der Name so schön sagt, sich in einem Raum befindet. Begeistert stürmt Marietta auf die Tür des süßen weißen Hauses zu.

„Bevor wir eintreten, möchte ich dir etwas noch etwas sagen", hält Erik sie mit einer sanften Bewegung zurück, „Du sollst wissen, hier hat vor vielen Jahren mein Großvater gelebt. Er war ein Kutter-Kapitän, der in Greetsiel sehr angesehen war. Er besaß einmal fünf der schönsten Krabbenkutter im Hafen. Alle fünf Krabbenkutter waren rot und wurden jedes Jahr frisch angestrichen. Das waren die Kutter GRE von 1 bis 5. Mein Großvater war ein stolzer Kapitän, er hat mir vieles beigebracht und spannende alte Geschichten von Piraten und Seeräubern, insbesondere von Klaus Störtebeker, erzählt."

„Schön, dass du mich daran teilhaben lässt. Dass du mir etwas ganz Persönliches von dir erzählst."

Dann treten die beiden in das Kunstatelier ein. Marietta ist sehr gefangen von den vielen Bildern auf kleinen Staffeleien, den zarten Federzeichnungen, den schönen Motiven aus der Region. Plötzlich nimmt sie ein Bild vom Pilsumer Leuchtturm mit einem schwarzen Rahmen in die Hand, schaut es sich genau an und meint:

„So ein ähnliches Bild mit einem weißen Rahmen hängt in unserer Ferienwohnung."

Nachdem sie sich vieles angesehen haben und Marietta ein kleines Bild mit einem Strandkorb erstanden hat, verlassen die beiden den Laden. Nachdenklich fragt die Autorin den Kapitän:

„Hat dein Großvater seinen Beruf als Kapitän gerne ausgeübt? War er zufrieden? Und wie geht es dir als Krabbenkutter-Kapitän?"

„Mein Großvater Ole Hansen war Kapitän mit Leib und Seele, und ich bin es auch. Im letzten Jahr haben wir durch den Kampf unserer Genossenschaft bessere Preise erzielt, so dass es uns allen recht gut geht. Als es Schwierigkeiten gab und die Konkurrenz der anderen europäischen Länder zu groß wurde, wollten einige Kollegen schon aufgeben. Das wäre irgendwann das Ende von Greetsiel gewesen. Denn die Krabbenkutter sind neben den Zwillingsmühlen die wichtigste touristische Attraktion von Greetsiel! Um deine letzte Frage zu beantworten: Ja, ich bin mit Leib und Seele Kapitän im Krabbendorf Greetsiel!"

„Schön! War deine Tätigkeit vorher als Kapitän auf verschiedenen Kreuzfahrtschiffen nicht auch sehr interessant, vielleicht sogar spannender?", fragt Marietta vorsichtig.

„Ja, sicher waren die Jahre auf den Weltmeeren einmalig. Vielleicht musste ich viele, viele Häfen von Genua bis Malta, Istanbul, Odessa, Alexandria und Lissabon, dann von Bergen bis zum Nordkap und Spitzbergen, von Stockholm bis Helsinki und von Southampton bis New York kennen lernen, um auf einmal plötzlich zu begreifen, wie schön meine Heimat ist. Aber damals, als ich ein junger Mann war, zog es mich in die Ferne. Und dann gab es noch einen anderen Grund."

„Wie war das? Wann hast du gemerkt, dass du zurück nach Greetsiel gehen möchtest?"

„Es war an einem sehr heißen Sommertag, als ich in Casablanca ein Mädchen am Hafen traf, das Jeanne hieß. Auf Deutsch: Johanna. Jeanne war Französin. Sie erinnerte mich an eine andere Frau… Da musste ich an meine erste große Liebe Johanna denken. An das junge Mädchen am Hafen von Greetsiel. Da wusste ich, ich muss dorthin zurückkehren. Zurück zu meinen Wurzeln."

Erik hat Tränen in den Augen, als er dies sagt. Ganz vorsichtig nimmt Marietta seine Hand, ohne ein Wort zu sagen.

Herzflimmern

Am nächsten Tag muss Kapitän Hansen wieder zur See fahren. Diesmal will er mit seinem Kutter bis zur nördlichen Nordsee gelangen. Dorthin, wo sich besonders reichhaltige Krabben- und Fischbestände befinden, wie Makrelen, Dorsch, Hering, Granat. Das ist eine Tour von mehreren Tagen. Drei Tage wird sie mindestens dauern.

Marietta ist ein wenig traurig, als ihr Erik von dieser Absicht erzählt. Jetzt hat sie ihn gerade ein wenig kennen gelernt. Und sie ist verliebt. In den urigen Kapitän, der seinen Weg gegangen ist und noch geht. Ein kerniger Mann, der sich nicht verbiegen lässt. Das spürt die Autorin instinktiv, und vielleicht ist es gerade das, was sie anzieht. Drei Tage, ohne zu wissen, wo er gerade ist. Vielleicht auch, ohne etwas von ihm zu hören. Aber vielleicht ist das sogar gut. So hat Marietta Zeit zum Nachdenken. Und eventuell hat auch Erik Zeit zum Nachdenken.

An eben diesem Morgen trifft Sophie, als sie Croissants und Brötchen in der Backstube holen will, ihren Umweltschützer Ole. Dies sagt sie immer so schön, wenn sie von ihrem Urlaubsflirt spricht. Auch Ole möchte sich frische Brötchen zum Frühstück holen. Da hat Sophie einen spontanen Einfall:

„Was hältst du davon, wenn wir alle zusammen bei uns im *Skipper Asterix* frühstücken? Auf der Terrasse, denn die Sonne scheint, und wir können es uns so richtig gemütlich machen."

„Wow! Das ist prima, wenn Marietta und Odile einverstanden sind."

„Ja, das sind sie sicher", meint Sophie. „Marietta ist ein wenig melancholisch, weil Erik heute für eine längere Zeit in die nördlichen Fanggebiete fährt. Vielleicht können wir sie gemeinsam aufheitern."

„Das tun wir. Außerdem habe ich heute noch etwas Wichtiges vor. Vielleicht kannst du mir dabei helfen, liebe Sophie. Doch das erzähle ich dir später."

Die beiden kaufen eine Tüte voll Croissants sowie knusprige Weiß- und Graubrötchen ein und schlendern durch den Hobbingsweg zum skandinavischen Hafendorf. Odile hat den Tisch auf der Terrasse schon gedeckt und ergänzt schnell eine hohe Cappuccino-Tasse und einen Teller mit Besteck, als sie Ole entdeckt. Marietta hat gerade frischen Kaffee gekocht. Sie freut sich sehr über den Besuch. Nach dem gemütlichen, ausgiebigen Frühstück schlägt der Umweltschützer vor, gemeinsam in das Haus des NABU Deutschland zu gehen, um sich dort über die Projekte und Aktionen des Naturschutzbundes zu informieren. Die drei Damen sind begeistert und freuen sich, auf diese Weise auch mehr über die Tätigkeit des Biologen im NABU zu erfahren. Doch das ist nicht alles. Ole möchte noch recherchieren und erklärt:

„Anschließend möchte ich gerne in die Greetsieler Kirche gehen und dort einmal mit dem Pfarrer sprechen und in den Annalen schauen, ob es einen Kapitän oder Seemann namens Ole gab oder noch gibt. Denn mehr weiß ich von meinem Vater nicht. Im Internet habe ich schon nachgeforscht, aber nichts gefunden. Vielleicht muss ich auch mal zum Rathaus der Stadt Emden fahren, falls die Unterlagen dort im Amt für Seefahrerangelegenheiten zentralisiert sind."

„Da helfe ich dir gerne", entgegnet Sophie sehr schnell voller Begeisterung und Interesse. Marietta schaut nachdenklich in die Ferne, so als sei sie gar nicht anwesend.

Das Informationszentrum des NABU ist nur einen Katzensprung vom Feriendomizil entfernt. Von der Brücke am Hafen aus gehen die vier mit Hund Jani einfach geradeaus in die Schatthauser Straße. Im Haus des NABU selbst empfängt sie eine freundliche Dame, die auch Jani direkt begrüßt und fragt, ob sie ein Leckerli haben darf. Das darf sie! Sophie freut sich, wenn Menschen vorher fragen, bevor sie dem Hund etwas zu fressen geben. Schön findet sie es auch, wenn ihre Hündin beachtet wird. Dies ist in Greetsiel besonders häufig der Fall. In den meisten Läden, Cafés und Restaurants sind Hunde willkommen und wirklich gern gesehen.

Auf den Schautafeln und den Exponaten im Naturmuseum werden die einzelnen Projekte anschaulich erklärt. Auch das Projekt von Ole „Renaturierung von Blumenwiesen" bildet einen Schwerpunkt. Wunderschöne große Aufnahmen von See-, Wiesen- und Waldvögeln, teilweise auf einer Leinwand, informieren den Besucher. Insbesondere Marietta schaut sich alles genau an. Sie ist fasziniert! So kann sie sich ein wenig von ihrer Sehnsucht nach Erik ablenken.

Was Ole in der Greetsieler Kirche vom Pfarrer und bei der Durchsicht der Annalen im Pfarramt erfahren hat, bleibt sein Geheimnis. Auf dem Rückweg am Alten Deich treffen sie wieder einmal den alten Schäfer mit dem langen Bart. Er trägt einen sandfarbenen Mantel aus Jute und einen Wanderstab. Sein Hütehund Aristoteles — ein ebenfalls betagter Australien Sheppard mit grauen Barthaaren — hält die Herde gut zusammen. Der alte Schäfer, der eigentlich ohne Alter ist, schaut zum Himmel, der jetzt in wunderschönem Blau erstrahlt, und brummt in seinen Bart:

„Da kommt etwas auf uns zu! Zieht euch warm an und schließt die Fenster! Doch das wird Klarheit für euch alle bringen…"

Marietta und Ole schauen sich fragend an. Sie verstehen die Worte des weisen Mannes nicht. Odile und Sophie haben etwas mehr Fantasie und schauen ängstlich zum Himmel. Nur das verspielte Parson Russell Mädel bleibt unbefangen und zieht ihr Frauchen zum weißen Haus mit den blauen Fensterläden unterhalb des Alten Deiches, in dem der Biologe wohnt. Vielleicht riecht Jani wieder den ganz besonderen Duft des Schäfchens Benny. Hunde haben ja einen ganz tollen Geruchssinn. Sie haben viel mehr Riechzellen als wir Menschen und ihr Riechvermögen ist etwa 300 Mal so gut ausgeprägt wie das der Menschen. Ole versteht das Ziehen an der Leine von Jani und macht einen Vorschlag:

„Was haltet ihr davon, wenn wir alle mal nach Benny schauen? Er würde sich bestimmt freuen. Das kleine Schäfchen hat sich so an die Menschen gewöhnt, dass es gerne unter uns Zweibeinern ist."

„Ja, das ist eine prima Idee!", ist Marietta schnell mit einer Antwort dabei. Auch sie möchte jetzt gerne unter Menschen sein.

Das wird eine sehr gemütliche Teestunde bei Ole mit dem typischen Ostfriesentee in der Teekanne auf einem Stövchen mit Kandis, Sahne und leckeren Plätzchen dazu. Und Mariettas Tochter Odile hat gleich zwei Spielgefährten, nämlich Benny und Jani! Sie ziehen sie hinaus in den Garten, wo ein munteres Laufen, Verstecken und Fangen beginnt, bis alle irgendwann müde sind.

Dies sollte ein unvergessener Nachmittag werden.

Sturm

Ein faszinierendes Naturschauspiel nimmt seinen Lauf. Es beginnt mit einem wunderbaren Sonnenschein, ganz plötzlich folgt ein heftiger Platzregen. Am Himmel bildet sich ein bunter Regenbogen, so dass alle Leute in dem Weg An't Hellinghus stehen bleiben und gebannt zum Himmel schauen. Dann herrscht wieder Sonnenschein, und danach völlig unerwartet überzieht ein Landregen den Landstrich. Ein gleichmäßiger Regen, wie er in England üblich ist. Ariana als Parson Russell Terrierin, deren Großeltern direkt aus England stammen, liebt es, in so einem Landregen spazieren zu gehen. Doch auf einmal donnert es in der Ferne. Odile sieht einen Blitz, der vom Wattenmeer hinter dem Deich kommt, und läuft mit Benny und Jani ins kleine Haus.

„Ich glaube, da kommt noch was auf Greetsiel zu!", meint Sophie. „Ich denke, wir sollten schnell in unsere Ferienwohnung zurück kehren. Das ist ja nicht weit. Das schaffen wir noch."

„Sicherheitshalber bringe ich euch heim. Denn ich kenne mich hier mit dem Wetter und seinen Unbilden aus!" So lautet Oles Vorschlag. Er streichelt sein Schäfchen zum Abschied, woraufhin Benny sich gehorsam in seinen Korb mit der warmen Wolldecke legt und noch sein Abendfläschchen bekommt. All das beobachtet Sophie voller Rührung und Herzklopfen. So einen feinfühlenden und fürsorglichen Mann hat sie noch nie in ihrem Leben kennen gelernt. „Den möchte ich festhalten...", denkt sie.

Alle vier Abenteurer stürmen gemeinsam mit dem Russell Mädel, so schnell sie können, zum Haus Nr. 28, damit sie es noch schaffen, bevor das große Gewitter kommt. Davon hatte der alte Schäfer wohl gesprochen. Doch was meinte er mit der Äußerung: „Das wird Klarheit für euch alle bringen!" Meinte er den Sturm?

Als die beiden Frauen, das Mädchen und der eine Mann sowie die Hündin dann endlich am Schwedenhaus ankommen, sind sie alle heilfroh. Die 8 Minuten, die sie für den Weg gebraucht haben, waren gefühlte 80 Minuten. So lange kam ihnen die Zeit vor.

Im behaglichen Wohnzimmer machen sie es sich in der roten Sesselecke gemütlich und Jani legt sich in ihren Hundekorb neben dem Sideboard aus Kernbuche.

„Wenn ihr möchtet, mache ich uns gerne einen heißen Sanddornsaft. Den habe ich hier an der Nordseeküste zum ersten Mal probiert, und ich genieße diesen Trank jedes Mal aufs Neue!", schlägt Marietta vor. Wohl ein wenig, um sich selbst zu beruhigen. Denn seitdem es stürmt und das Gewitter tobt, muss die Autorin noch mehr an den Kapitän denken, als schon zuvor. Ihre Sehnsucht nach Erik ist fast wie ein brennender Schmerz. Kann eine Frau so viel Sehnsucht nach einem Mann haben, den sie kaum kennt?

Ist das Liebe? Kann Liebe wehtun?

„Ja, gerne!", so lautet die einstimmige Antwort der anderen drei. Diese Antwort auf ihre Frage reißt Marietta aus ihren Träumen, aus ihrer Sehnsucht...

„Wie mag es Erik auf seinem Krabbenkutter gehen? Wie mag es Jan, dem jungen Praktikanten, gehen? Auf dieser langen Tour in die nördliche Nordsee. In den Gewässern um Sylt, Föhr und Amrum?", stößt sie plötzlich hervor, und es schießen ihr Tränen in die Augen.

Alle schauen besorgt und ratlos. Keiner weiß, was er antworten soll. Stille. Unendliche Stille. Und draußen heult der Sturm. Das rot-weiße Schwedenhaus steht wie eine Eins. Marietta serviert den heißen Sanddornsaft, zündet die rote Kerze in dem schwarzen schmiedeeisernen Leuchter an und legt eine CD auf. Ganz zufällig greift sie in die CD-Sammlung.

„Sailing away, sailing away", erklingt das Sehnsuchtslied von Chris de Burgh. Ist das ein Zufall? So schön das Lied von dem englischen Sänger auch ist, so fragt sich Marietta jetzt doch im Stillen: „Werde ich das immer aushalten können? Diese Abenteuerfahrten von Erik in die Ferne, ins Ungewisse? Diese ständige Sehnsucht?" Und draußen heult der Sturm. Als wolle er auch ein Lied singen…

„Coming home for a happy day!" — Vielleicht? Hoffentlich!

Irgendwann stellt Ole das Radio an. Er möchte einen Wetterbericht von der Nordsee hören. Endlich ist es soweit: 17.00 Uhr Nachrichten. Da heißt es:

„Sturmflut an der deutschen Nordseeküste. An der gesamten Küste bis hoch in den Norden. Auch in der Gegend um Sylt und um Amrum herrscht Sturmflut. Windstärke 12. Wenn das so weitergeht, wird der Fährverkehr zu den ostfriesischen Inseln eingestellt. Bald sind die Nordseeinseln vom Festland abgeschnitten."

Was geschieht bei so einem heftigen Sturm bei Springflut mit einem Krabbenkutter im tobenden Nordmeer? Das ist die Frage, die sich alle vier Freunde stellen. Es herrscht Stille, fast Totenstille in der behaglichen Ferienwohnung, die wie ein eiserner Fels in der Brandung den Stürmen standhält.

„Marietta, hast du Eriks Handy-Nummer? Ich möchte ihn anrufen. Ich möchte wissen, wie es ihm und Jan geht", fragt Ole.

„Ja, hier ist die Nummer. Rufe die beiden an. Ich kann das nicht. Denn ich bin so aufgeregt, dass meine Hände zittern", antwortet Marietta mit zitternder Stimme. Ole wählt die Handy-Nummer, aber keine Reaktion. Der Krabbenkutter ist wohl in ein Funkloch geraten. Kein Wunder bei dem heftigen Sturm.

Plötzlich zieht Ole seinen roten Anorak an, den mit der Wolfstatze, setzt die Kapuze auf und stürmt zur Haustür mit den Worten:

„Ich gehe zum Hafen und schaue mal nach, was da los ist. Mal sehen, ob ich überhaupt aus der Haustür komme. Ich muss gegen den Wind ankämpfen!"

Die anderen sehen aus dem Fenster im Wohnzimmer, wie Ole gegen den Sturm kämpft und auf dem kleinen Weg Richtung Hafen kaum vorwärts kommt. Das ist wirklich eine Naturgewalt, gegen die der Mensch kaum angehen kann. Mit aller Kraft stemmt sich Ole gegen den Sturm.

Auf einmal — ganz plötzlich — weiß der junge Mann, dass es sehr wichtig für ihn ist, zu erfahren, wie es Erik geht. Ist da etwas, was sie beide verbindet? So, als gäbe es ein geheimes Band zwischen ihnen. In Gedanken verloren, stürmt Ole die Treppe zum Hafen hinauf. Oben angekommen, sieht er, dass die meisten der in Greetsiel beheimateten Krabbenkutter wieder an ihrem Platz sind. Nur der frisch angestrichene rote Krabbenkutter von Kapitän Erik Hansen und zwei oder drei andere Kutter fehlen. Was bedeutet das? Ist nur er alleine so weit hinaus gefahren?

Das Wasser im Hafen ist hoch, höher als sonst. Es herrscht also Hochwasser in der Nordsee. Nordsee ist Mordsee! Ganz plötzlich versteht Ole die Bedeutung dieses Wortspiels. Er will mehr wissen. Er fragt einen Seemann, der gerade mit hohen Stiefeln bis über das Knie hinaus sein Boot verlässt, ob er etwas über den Kutter von Kapitän Hansen weiß.

„Soviel ich weiß, war der Krabbenkutter JOHANNA in den Fanggebieten vor der Insel Sylt. Er muss jetzt auf dem Rückweg sein, vielleicht auf der Höhe von Wangerooge oder Langeoog. Es wird schon alles gut gehen. Seien Sie beruhigt, Kapitän Hansen ist unser bester Kapitän. Er hat doch Erfahrung auf allen Meeren dieser Erde!"

Der junge Mann steckt die Hände in die Taschen seines Anoraks, schlägt den Kragen hoch und zieht die Kapuze fest.

„Krabbenkutter JOHANNA", geht es ihm durch den Kopf. Immer wieder „Johanna". Das ist doch der Name seiner Mutter, die vor drei Jahren an einer bösen Krankheit gestorben ist. Und sie war einmal in Greetsiel. —

Nach gut einer halben Stunde trifft er wieder in dem rot-weißen Schwedenhaus ein. Alle sind gespannt, was er erzählt. Marietta klammert sich an die Hoffnung, dass der Kutter ihres Kapitäns wohlbehalten auf einer Insel gelandet ist und sie bald mit Erik telefonieren kann. Inzwischen setzt Odile wieder einmal eine SMS an Jan ab. Das ist nun schon die elfte SMS an diesem Tag!

Und draußen heult der Sturm. Drinnen herrscht unheimliche Stille. Die vier sind wie gelähmt. Sie können nichts anderes tun als warten. Da fasst sich Ole ein Herz und unterbricht die Stille, die fast nicht mehr auszuhalten ist. Inzwischen zeigt der Zeiger auf der Uhr mit dem Rosenmotiv im Provence-Stil in der Küche auf 18.00 Uhr.

„Mein Vorschlag: ich hole Krabbenbrötchen für uns alle sowie Salat und Bratkartoffeln von der Fischgenossenschaft. Ich sehe gerade, da muss ich mich beeilen!", sagt es und sprintet schon davon. Auf einmal spüren alle, dass sie Hunger haben trotz der Aufregung. Und Krabben erinnern ja an die Seemänner dort auf stürmischer See.

Da schaut Marietta auf Ihr Handy. Freudestrahlend entdeckt sie eine SMS von Kapitän Hansen — gleichsam ein Lebenszeichen. Ganz aufgeregt fingert sie am Handy, um die SMS zu öffnen.

„Windstärke 12! Ich liebe dich!"

Als sie diese kurze Nachricht liest, zittert sie am ganzen Körper und gleichzeitig wärmt sie ein tiefes inneres Glücksgefühl. Blitzschnell antwortet sie:

„Ich liebe dich auch. Ich warte auf dich!"

Hungrig decken die drei Damen den Esstisch und überlegen gerade noch, ob sie nach all der Anspannung eine Flasche Wein zur Entspannung öffnen sollen. Mit den nach Speck und Zwiebeln duftenden Bratkartoffeln sowie den frischen Krabbenbrötchen und gemischtem Salat stürmt Ole in das Wohnzimmer mit der Frage auf den Lippen:

„Gibt es etwas Neues?" Als er hört, dass Erik eine SMS geschickt hat, ist auch er sehr, sehr glücklich. Plötzlich weiß er, dass er nun endlich den Mann gefunden hat, nach dem er schon lange gesucht hat.

Am späten Abend beschließen die vier, noch einmal mit Russell Mädel Jani zum Greetsieler Hafen zu gehen. Als sie aus der Haustür treten und nach rechts abbiegen wollen, können sie immer noch nicht gegen den starken Wind ankämpfen, so wenden sie sich nach links und versuchen mit aller Kraft vorwärts zu kommen. Kein Mensch ist auf der Straße. Nur der Sturm treibt sein Unwesen! Die Hündin Jani hat offensichtlich auch nicht viel Lust, Gassi zu gehen. Schließlich gelangen die vier Kämpfer, gegen die Urgewalt ankämpfend, die Treppe hinauf auf den Alten Deich und schauen zum Hafen. Viele Krabbenkutter sind inzwischen zurückgekommen. Nur der rote Kutter von Kapitän Hansen und ein anderer sind wohl noch unterwegs. Als wolle es das brausende Lied des Sturms unterbrechen, klingelt plötzlich das Handy von Ole.

„Moin min Jung, wir sind auf der Insel Langeoog gelandet und sitzen im Restaurant *Steuerbord* bei einer heißen Tasse Tee und einem kräftigen Erbseneintopf mit Bockwurst. Uns allen, auch Jan, dem nun frisch gebackenen und erprobten Seemann, geht es relativ gut nach der überstandenen Odyssee durch die unruhige Nordsee. Liebe Grüße an Euch alle!"

In der Ferienwohnung setzen sie sich gemütlich auf die rote Sesselecke zusammen und trinken den Rotwein: einen süffigen Bordeaux aus Frankreich. Dazu gibt es Käsesnacks und Studentenfutter auf einem handgemalten Glasschälchen von der Glaskunst-Werkstatt in Pilsum.

„Bleib' bei mir!", bittet Sophie, „eine Zahnbürste und ein größeres T-Shirt habe ich für dich! Du musst uns doch beschützen bei dem Sturm." Ole ruft seine Nachbarin an, damit sie sich um Benny kümmert.

So beginnt ein stürmischer Abend voller Leidenschaft für Sophie und Ole. Nach einem wohltuenden Bad zu zweit im Whirlpool kuscheln die frisch Verliebten miteinander.
Und draußen stürmt es immer noch!

Ein neuer Tag

Am Tag nach dem Sturm. Sonnenschein, soweit das Auge reicht. Nach dem gemeinsamen Frühstück wird Marietta unruhig. Voller Sehnsucht denkt sie nur noch an ihren Kapitän. Wann wird er wieder in Greetsiel landen? Wie viele Stunden braucht er von Langeoog nach Greetsiel?
Da macht Ole einen Vorschlag:
„Lasst uns alle zusammen einen Spaziergang zum Hafen machen und schauen, wann der rote Krabbenkutter einläuft. Vielleicht freuen sich Erik und Jan, wenn sie sehen, dass wir auf sie warten. Das ist ein bisschen wie ein großer Bahnhof! Wir können Ihnen gerne auf dem Alten Deich entgegen gehen. Vielleicht sehen wir dann die JOHANNA schon von weitem, wie sie einfährt."
Dieser tolle Vorschlag wird von den drei Damen voller Begeisterung angenommen. Zunächst stehen sie am Hafen und schauen in die Ferne, dann gehen sie auf dem Deich dem Krabbenkutter entgegen. Als der Deich am Hellinghus eine Biegung nach links macht und sie dann etwa 300 m gegangen sind, da entdeckt das Parson Russell Mädel das schöne Schiff und fängt an, wild zu bellen. Das ist kein gelangweiltes Bellen, auch kein Bellen, damit es weitergeht, nein, das ist ein freudiges Bellen zum Empfang. Die vier Wartenden winken heftig. Da winken der Kapitän, der Praktikant Jan und der Steuermann Fiete ebenso stürmisch zurück. Schnell treten die vier an Land den Rückweg zum Hafen an. Mal sehen, wer als Erster da ist.
Die vier Wartenden treffen kurz vor den Abenteurern am Hafen ein. Kapitän Hansen weiß gar nicht, wen er zuerst umarmen soll: Marietta oder Ole? Spontan entscheidet er sich für beide und um-

armt sie gleichzeitig. Das ist ein einmaliges Gefühl von Nähe, von Zusammengehören!

„Lasst uns zusammen gemütlich Kaffee trinken gehen in einem dieser süßen Cafés direkt am Hafen. Da gibt es ein Café, das ist so klein, dass die Gäste ganz eng beieinander sitzen — das ist einmalig gemütlich! Wir müssen doch feiern, dass wir wieder im Hafen von Greetsiel gesund und munter vor Anker gelegt haben! Nach dem Sturm, der die Nordsee ganz unerwartet mitten im Sommer heimgesucht hat", schlägt der Kapitän vor und umarmt dabei Marietta spontan. Sie lässt es geschehen und genießt die Umarmung.

Das wird eine stimmungsvolle kleine Wiedersehensfeier. Erik setzt sich ganz nah neben Marietta und atmet ihren Duft ein. Auch Marietta genießt die Nähe. Sie hat nur einen Gedanken. Hoffentlich ändert sich nichts. Hoffentlich bleibt alles, wie es ist. Dieses einmalige Gefühl.

Ole schaut Erik an, der seinerseits auch ihn liebevoll betrachtet. Wie ein Vater seinen Sohn ansieht. Doch Ole weiß nicht, ob Erik etwas ahnt oder sogar weiß. Er fühlt nur die Vertrautheit, die zwischen dem Kapitän und ihm herrscht. Es ist, als würden sie sich schon immer kennen. Und wieder erinnert sich der Naturschützer, dass er schon einmal hier in diesem Dorf gewesen sein muss. Als kleiner Junge... Was ist damals passiert? Warum? Warum hat ihm seine Mutter nicht davon erzählt?

Irgendwann später trennen sich die drei Abenteurer vom Krabbenkutter von den vier daheim Gebliebenen.

„Morgen und übermorgen bleibt unser Krabbenkutter JOHANNA im Hafen und die Mannschaft hat frei. Das haben wir uns verdient, nachdem wir dem heftigen Sturm so gut getrotzt haben!", verabschiedet sich der Kapitän. Das ist das Stichwort für Jan, der sich direkt mit Odile zu einer Radtour mit Picknick verabredet. Zärtlich schaut er Odile an, so wie ein junger Mann nur schauen kann, wenn er zum ersten Mal verliebt ist.

Langeoog

Marietta geht traurig an der Seite der anderen zur Ferienwohnung. Sie möchte Erik gerne morgen an seinem freien Tag sehen, hatte sich aber nicht getraut, danach zu fragen. Und der Kapitän hat auch nichts gesagt. Nun fragt sie ihre Freundin Sophie:
„Ich möchte mich morgen sehr, sehr gerne mit Erik treffen. Er ist so ein toller Typ. Bärig und urig und anders als die Männer, die ich bis jetzt kennen gelernt habe. Vielleicht hat er etwas anderes vor. Warum hatte ich eben nicht den Mut, ihn einfach zu fragen. Ich bin doch sonst nicht schüchtern, sondern eher geradeheraus und selbstbewusst!"
„Das ist ganz einfach! Du bist verliebt! Wenn man beziehungsweise Frau verliebt ist, wird man oder sie verletzlich und ängstlich. Warte ein wenig. Vielleicht meldet er sich ja noch. Schalte auf jeden Fall dein Handy an, liebe Freundin." Gesagt, getan! Und nun stiert sie auf das Handy und wartet. Die Zeit vergeht. Nun ist es schon 20.00 Uhr. Zeit für die Abendnachrichten, die Tagesthemen. Genau in diesem Augenblick klingelt ihr Handy!
„Hier Marietta Ronja Herbst", meldet sie sich gespannt mit ihrem vollen Namen.
„Hier Erik Ole Hansen!", so lautet die Meldung auf der anderen Seite.
Ole, hat er Ole gesagt? Tausend Gedanken springen ihr durch den Kopf. Dann kommt die entscheidende Frage:
Hast du Lust und Zeit, morgen mit mir auf die Insel Langeoog zu fahren? Ich möchte dir gerne zeigen, wo wir während des Sturms im Hafen von Langeoog festgemacht haben. Und ich möchte dir die Insel mit meinen Lieblingsplätzen zeigen."
„Ja, ja, ja!", Marietta ist hin und weg vor Begeisterung. Sie kann das Treffen kaum abwarten. Vor lauter Vorfreude vergisst die Autorin, ihrer Freundin zu erzählen, dass Erik sich am Handy mit „Erik Ole Hansen" gemeldet hat. Sophies Freund Ole sucht doch einen Mann namens Ole in Greetsiel.

Vielleicht ist alles auch ganz anders. Und sie, die fantasiebegabte Schriftstellerin, hat etwas falsch verstanden.

Am nächsten Morgen holt Erik sie direkt nach dem Frühstück ab, um mit ihr gemeinsam zum Hafen von Bensersiel zu fahren. Dorthin, wo die Fähren zur Insel Langeoog ablegen. Unterwegs lässt sie noch einmal den Morgen am Frühstückstisch Revue passieren. Ihre Tochter Odile war gar nicht traurig, als sie von dem geplanten Ausflug ihrer Mutter erfuhr. So kann sie viele Stunden mit dem jungen Praktikanten Jan verbringen, und dann ist ja auch noch Sophie da. Ja, ihre Tochter wird flügge, wie die jungen Seevögel, die an der Leybucht unter Naturschutz zur Welt kommen und dann irgendwann das elterliche Nest verlassen. Ein neuer Lebensabschnitt wird auch für sie als allein erziehende Mutter in absehbarer Zeit beginnen.

„Woran denkst du?", fragt Erik, als er spürt, dass sie Gedanken verloren in die Ferne schaut.

„Ach, ich dachte nur gerade an Odile. Daran, was sie heute machen wird so ganz ohne mich."

„Ich denke, das weiß deine Tochter selbst schon sehr gut. Jan ist zum ersten Mal verknallt. Auf dem Kutter hat er ständig auf sein Handy geschaut, die SMS von Odile gelesen und immer wieder versucht sie anzurufen. Mach dir mal keine Gedanken. Sophie und Ole bleiben ja auch in Greetsiel! So kann sie sich an die beiden wenden, wenn irgendetwas sie beschäftigt oder bedrückt!"

Nach nicht allzu langer Zeit kommen sie am Fährhafen in Bensersiel an. Sie haben Glück: eine Fähre ist gerade abfahrbereit. Auf der Fähre finden sie noch zwei freie Plätze auf einer Bank mit Tisch.

„Jetzt mache ich etwas, was ich immer auf der Fahrt nach Langeoog tue. Schon als ich ein kleiner Junge war und zu meiner Tante auf die Insel gefahren bin, habe ich eine Bockwurst gekauft. Und dann, als ich größer war, eine Tasse heißen, frisch gebrühten Kaffee dazu! Schau dich mal um, alle oder fast alle Fahrgäste essen eine Bockwurst. Und die wartende Schlange ist lang! Lustig, nicht wahr?" Erik schmunzelt und reiht sich ebenfalls in die Schlange ein, wohl davon ausgehend, dass Marietta auch eine Bockwurst und einen Kaffee möchte.

Das ist der Beginn eines wahren Inselfeelings! Beide genießen die Bockwürste und den Kaffee. Dieses besondere Gefühl „Reif für die Insel" setzt sich dann fort, als die Fahrgäste in die bunte kleine Bahn einsteigen, die sie behutsam und gemütlich in das Dorf bringt. Zuvor hatte der Kapitän der Autorin den Anlegeplatz gezeigt, an dem er mit Fiete und Jan vorgestern bei dem Sturm mit dem Krabbenkutter gestrandet war. Doch heute ist ein neuer Tag. Ein Tag, den sie beide genießen möchten.

Fast mitten im Dorf kommt die süße Bahn an. Erik nimmt Marietta an die Hand und geht mit ihr in Richtung Zentrum. Das ist die Barkhausenstraße, ein kleiner Boulevard mit Restaurants, Bistros und Cafés sowie verschiedenen Geschäften mit Sport- und Ferienklamotten verschiedener Labels und Marken, Schmuck — selbst den Langeooger Wasserturm gibt's als silbernen Anhänger — Schuhen, Kosmetik, feiner Wäsche... Die Straßencafés laden bei dem herrlichen Sonnenschein zum Verweilen ein.

„Ich habe Lust, ein Stück Kuchen zu naschen und einen Cappuccino zu trinken! Was meinst du? Schau, da sind noch zwei Plätze auf der Terrasse frei!", das sagt die Naschkatze Marietta, obwohl sie eigentlich auf ihre Linie aufpassen möchte. Doch heute ist wohl nicht der richtige Tag dafür. Erik strahlt, denn den gleichen Gedanken hatte er eben auch. Gemeinsam genießen sie zwei Obsttorten und beobachten dabei die vorbeiflanierenden Feriengäste. Junge und ältere Leute, Kinder, Babys in Kinderwagen und Hunde, große und kleine, alle Besucher der Insel scheinen auf der Barkhausenstraße zu promenieren oder Kaffee zu trinken, bisweilen auch ostfriesischen Tee in der Teekanne mit der Rose, ganz zünftig auf einem Stövchen mit Kluntjes und Sahne gereicht. Das sind Ferien pur!

„Was machen wir jetzt?", fragt Erik, „ich habe einen Vorschlag: wir tun jetzt nur noch Dinge, die wir noch nicht gemacht haben.

Hast du eine Idee?" — Schon merkwürdig, das ist die gleiche Idee, welche Sophie und Ole vor einigen Tagen auch hatten... Ist das wahre Freundschaft? Ist das Wahlverwandtschaft?

Während sie so ziellos in den kleinen Straßen und auf den Wegen herumstreunen, entdeckt Marietta plötzlich einen weißen Turm. Das ist wohl der bekannte Wasserturm von Langeoog.

„Auf einen weißen Wasserturm bin ich noch nie gestiegen. Das weiß ich definitiv."

„Natürlich war ich als echter Ostfriese schon mehrmals auf diesem Turm, aber wir steigen trotzdem gemeinsam hinauf. Der Punkt geht an dich!"

Von oben haben die beiden einen tollen Blick über die Insel mit ihrer natürlichen Dünenlandschaft. Als sie wieder unten ankommen, möchte Erik ihr unbedingt die kleine Buchhandlung gegenüber zeigen. Hier hat er schon so manchen Krimi oder ein anderes Buch über die Nordsee erstanden. Die beiden treten ein, und Marietta beginnt direkt zu stöbern. Sie sucht auch hier nach einer Liebesgeschichte, die auf der Insel oder auch an der Küste, zum Beispiel in Greetsiel, spielt, doch leider vergeblich. Denn Marietta ist nicht unbedingt der Krimifan, wie schon erwähnt. Da äußert sie ihren Einfall, den sie spontan in Norden hatte:

„So eine kleine gemütliche Buchhandlung, vielleicht mit einem kleinen Café, hätte ich auch gerne. Ja, eine kleine Buchhandlung in Greetsiel — das wäre mein Traum! Und das habe ich noch nie in meinem Leben gemacht: einen Laden eröffnet!"

„Nur kannst du das jetzt im Augenblick nicht tun. Aber trotzdem ein Punkt für dich für die prima Idee. Interessant ist, dass du ‚Greetsiel' gesagt hast! Aber ich habe auch einen neuen Gedanken: Ich war noch nie mit einer Autorin in einem Künstler-Atelier, wo es auch Bücher gibt. Lass uns zum Atelier des Malers Anselm gehen", freut sich Erik.

Arm in Arm schlendern sie weiter. Nach einem schönen, kleinen Spaziergang gelangen sie zu dem Atelier des Inselmalers. Die Autorin ist begeistert und schaut sich die Nordsee-Motive an. Besonders gefällt ihr ein Bild, das ein betagtes Paar mit Strohhüten und seltsamen Strandutensilien nah am Wasser zeigt. Rechts im Sand eine rote Fahne — also Badeverbot. Das Pastellgemälde heißt: „Wie spöölt up Strand!" Anselm hat es 2006 gemalt. Imposant findet sie auch das Bild „Roter Strandkorb" von 2009. Dann greift sie zu den Nordsee-Büchern, die in der Nähe der Kasse liegen.

„Hier könnte ich Stunden verweilen. Ein toller Vorschlag von dir. Ein Punkt für dich. Also 1 : 2 für mich! Nun zeig mir deinen Lieblingsplatz hier auf der Insel!"

An den Dünen entlang geht's in Richtung Strand. Rechts von einem Bohlenweg, der ein bekanntes Postkartenmotiv ist, liegt ein Aussichtspunkt mit einem Fernrohr. Der Blick auf den Strand, insbesondere bei Ebbe, ist einmalig schön und weit.

„Das ist mein Lieblingsplatz auf Langeoog. Hier hab' ich noch nie ein Mädchen geküsst! Darf ich dich küssen, liebste Marietta?", fragt er und schon ist es geschehen. Ein Kuss voller Zärtlichkeit und voller Leidenschaft zugleich. Es ist, als dauere dieser Kuss eine Unendlichkeit…

Dann läuft Marietta plötzlich zum Strand hinunter ans bewegte Meer, Erik läuft ihr hinterher und fängt sie ein. Es steht also 2:2. Die beiden frisch Verliebten rennen am Wasser entlang, geben sich zarte Küsschen, umarmen sich wild und taumeln in den weißen Sand. Sie vergessen Zeit und Ort, bis sie irgendwann der Hunger aus dem Taumel reißt.

„Hast du auch Hunger, meine Gespielin?", fragt Erik scherzhaft und schaut ihr tief in die grün-braunen Augen. „In deinen Augen könnte ich versinken, wenn du mich lässt."

Marietta nickt zustimmend, denn auch sie hat Appetit auf etwas Leckeres. So lassen sie sich in Richtung Dorf treiben. Auf der Mittelstraße entdecken sie gleichzeitig ein Restaurant-Bistro in einem roten Backsteinhaus im Friesenstil mit einer einladenden Außenterrasse. An der Seite ist noch ein schöner Tisch frei und wie für sie beide gedeckt. Nach einem ausführlichen Studium der Speisekarte wählen sie beide als Hors d'oeuvre Bruschetta und als

Hauptgericht frischen Lachs gegrillt mit Garnelen an Basmatireis und Cäsar-Salat. Als Dessert Mousse au Chocolat mit warmen Inselbeeren. Dazu eine Flasche Bordeaux und natürlich eine große Flasche stilles Mineralwasser.

Das wird ein leckeres Dîner, begleitet von einem angeregten und lustigen Gespräch. Plötzlich schaut Erik auf seine Armbanduhr. Und dann fragt er die Serviererin:

„Können Sie uns sagen, wann die letzte Fähre zum Festland fährt?"

„Gerne. Ich frage mal an der Rezeption nach."

„Die letzte Fähre fährt heute um 18.45 Uhr. Vorher müssen Sie ja noch die Inselbahn nehmen. Das wird etwas knapp!"

Der Kapitän schaut der Autorin in die Augen mit einer Frage auf den Lippen, die er nicht formuliert. Marietta antwortet schweigend mit ihren Augen.

„Haben Sie auch Zimmer?" —

„Ja, das Haus hier ist auch ein Hotel. Am besten, Sie fragen an der Rezeption nach, ob wir noch ein freies Zimmer haben", so die Antwort der jungen Dame. Daraufhin geht Erik in das schöne, moderne, offensichtlich ganz neue Hotel und er hat Glück. Denn es ist gerade noch ein Doppelzimmer in der ersten Etage frei. Erik strahlt und kehrt mit einem Lächeln im Gesicht zu Marietta zurück.

„Wir können es uns noch gemütlich machen, denn es ist gerade noch ein Zimmer für uns frei. Vielleicht machen wir nach dem Abendessen noch einen Spaziergang ans Meer. Was denkst du, liebste Marietta?"

„Machst du das immer so: die letzte Fähre verpassen. Ist das dein Trick?" —

„Ja, das ist meine Masche", meint Erik mit einem jungenhaften Lachen im Gesicht. „Nein, das ist das erste Mal, ehrlich."

„Die Idee finde ich toll! Nun muss ich Odile und Sophie Bescheid sagen, dass wir die letzte Fähre verpasst haben!" Mit dem Handy ist dieser Anruf schnell getätigt, und Odile sowie Sophie sind auch gar nicht traurig. Ja, Odile wird immer selbständiger.

Die beiden Verliebten genießen die wunderschöne Abendsonne und laufen noch einmal zum Meer direkt an den Strand. Wieder endlose Küsse und Umarmungen und Zärtlichkeit. Jetzt weiß die Autorin auf einmal, wonach sie sich in den letzten Jahren nach der Trennung von ihrem Mann so heftig gesehnt hat...

„Lay back in the arms of someone you know...
Lay back in the arms of someone you love..."

Dieses Lied, gesungen von Chris Norman mit seiner rauchigen Stimme, will ihr nicht mehr aus dem Kopf gehen.

Sie erleben einen einmaligen Sonnenuntergang wie im Bilderbuch, und Marietta flüstert Erik zu:

„Kneif mich, sonst glaube ich nicht, dass es wahr ist. Dass dieser Traum Wirklichkeit ist."

In Gedanken vertieft, spinnt sie weiter: „Schade, ich würde dieses Gefühl gerne sofort aufschreiben. In einem neuen Roman niederlegen oder meiner besten Freundin auf der Stelle von diesem sensationellen Gefühl erzählen. Diesem Gefühl, dass mein Herz in die Lüfte springt. Diesem Gefühl, dass ich die Insel, nein besser die Nordseeküste und vor allem Greetsiel, nicht mehr verlassen darf, damit dieses ungeheuerlich wunderbare Gefühl andauert und nicht wieder verloren geht! Und mein Tagebuch habe ich auch nicht dabei. Dann könnte ich dieses Gefühl festhalten."

Doch weiter kommt sie nicht in ihren Gedanken, denn mittlerweile sind sie im Hotel angekommen. Das Zimmer ist in klaren Farbtönen in Flieder und Lila gehalten. Das Badezimmer ist mit großen weißen Fliesen versehen, supermodern ausgestattet mit einer großzügigen schwarzen Marmorablage, die Dusche ist ebenerdig, nur mit einer Glaswand abgetrennt. Während die verliebte Frau dies alles wie im Traum wahrnimmt, zieht Erik sie auch schon unter die Dusche und sie duschen gemeinsam. Das hatte sie sich immer gewünscht, doch irgendwie mochte ihr Exmann das nicht.

In frische Bademäntel gehüllt, taumeln sie auf das breite Bett, kuscheln und schmusen, bis die Liebenden zueinander finden...

Späte Entdeckung

Am kommenden Tag fahren die beiden nach einem ausgiebigen Frühstück wieder ans Festland nach Greetsiel. Am Hafen von Greetsiel entdecken sie Ole, der gerade Croissants und Brötchen für Sophie, Odile und sich selbst geholt hat. Ole macht einen Vorschlag:

„Kommt doch mit in den *Skipper Asterix*. Da könnt ihr noch eine Tasse Kaffee mit uns trinken. Dass ihr schon gut gefrühstückt habt, davon gehe ich mal aus." Odile, Sophie und Russell Mädel Jani sind begeistert, als die drei eintreffen. Nach dem Frühstück fragt Erik den jungen Mann Ole:

„Gehen wir beide ein Stück spazieren? Beim Gehen kann man sich so gut unterhalten!"

Auf dem Alten Deich herrscht reges Treiben. Schweigsam gehen Erik und Ole den Deich entlang.

Unten im Hafen liegt die JOHANNA.

„Warum hast du deinen Kutter Johanna genannt? Hat das eine bestimmte Bedeutung?", fragt Ole plötzlich.

„Ich kannte mal eine junge Frau, die hieß Johanna! Ich habe diese Frau sehr geliebt. Und ich kann sie nicht vergessen. Unsere Liebe dauerte einen Sommer lang. Danach habe ich sie nie wieder gesehen und nie mehr etwas von ihr gehört. Zur Erinnerung an diese Frau, die meine große Liebe war und ist, habe ich mein Schiff JOHANNA getauft."

Nachdenklich schaut Ole den Kapitän an. Da klingelt plötzlich sein Handy. Er erhält eine SMS von Marietta mit dem Text: „Der Kapitän heißt Erik Ole Hansen". Das stimmt ihn noch nachdenklicher… Schweigend gelangen die beiden an die Krümmung, die der Deich beim Hellinghus nach links macht. Von hier aus bietet sich dem Betrachtenden ein einmaliger Blick auf die Wiesen und die Nordsee in der Ferne, auf das Wattenmeer. Eine unendliche Weite! Ostfriesland — Weite, Wellen, Wind! In Gedanken versunken, gehen die beiden Männer ihres Weges, so als hätten sie sich schon immer gekannt. Wie Vater und Sohn.

Da beginnt Ole zu sprechen:

„So wie du darauf gewartet hast, dass deine Johanna noch einmal nach Greetsiel kommt, so habe ich darauf gewartet — mein ganzes Leben lang — dass ich irgendwann irgendwo meinen Vater treffe. Bei meiner Mutter habe ich zufällig mal ein Foto entdeckt, auf dem ein junger dunkelhaariger Mann gemeinsam mit ihr abgebildet war. Eng umschlungen standen sie an einem Hafen. Im Hintergrund Schiffe mit Takelage und Netzen. Das muss ein Krabbenkutter-Hafen gewesen sein. Wenn ich jetzt so darüber nachdenke, dann sah der Hafen im Hintergrund der beiden wie Greetsiel aus." Der Kapitän schaut den jungen Mann an. Da plötzlich hat er eine Idee:

„Ich falle mit der Tür ins Haus. Du bist mein Sohn, Ole. Schon immer habe ich mir einen Sohn gewünscht. Und jetzt mit fast 50 Jahren werde ich Vater von einem Tag auf den anderen! Wenn ich damals gewusst hätte, dass Johanna schwanger war, dann..."

„Was dann?", fragt Ole aufgeregt.

„Dann hätte ich mein Leben geändert. Ich wäre nicht in die weite Welt hinaus gefahren, sondern wäre in Deutschland geblieben. Bei meiner Familie. Frau, Kind oder vielleicht sogar Kinder, ein Haus mit Garten und dann irgendwann ein Hund, eine Katze — eben das ganze Leben!"

Traurig schaut der Kapitän in die Ferne. Inzwischen sind die beiden fast am Leuchtturm angekommen. Von hier aus bietet sich ein weiter Blick auf das Wattenmeer. Ein weiter Blick auf das eigene Leben... Momente des Schweigens, Momente der Ruhe. Vor Eriks Augen zieht sein bisheriges Leben an ihm vorbei. Beim Rückblick stellt er sich nicht die Frage:

„Was habe ich erlebt? Was habe ich erreicht? Sondern nur die Frage: Was habe ich versäumt? Was habe ich nicht erlebt? Wie ist mein Sohn wohl aufgewachsen? Hat er im Kindergarten Fußball gespielt? Oder hat er lieber mit der Eisenbahn gespielt? Wie groß war seine Schultüte am ersten Schultag? Wie sah seine erste Freundin aus? Was hat ihn bewogen, Biologie zu studieren."

Diese Gedanken werden von Oles Einwurf unterbrochen:

„Ich erinnere mich, dass ich als kleiner Junge von 4 Jahren mit einem kleinen Schiff mit Netzen gespielt habe. Das war wohl ein Krabbenkutter! Mit meiner Mutter ging ich oft zum Hamburger Hafen, und wir schauten den Schiffen nach, als sie hinaus in die

Nordsee fuhren. Voller Sehnsucht. Auch die Kreuzfahrtschiffe beobachteten wir beim Auslaufen."

„Wie geht es Johanna? Wie geht es deiner Mutter?" „Das ist eine andere Geschichte. Eine traurige Geschichte. Lass uns heute erst einmal glücklich sein, dass wir uns gefunden haben!"

Wie ein Paukenschlag

Es gibt Tage, die beginnen wie eine Komödie und enden in einer Tragödie.

Am nächsten Morgen um 11.00 Uhr. Sophie und Ole sitzen auf ihrer Bank am Krabbenkutter-Hafen und genießen frische Krabbenbrötchen wie schon so manches Mal. Ganz dicht beieinander sitzend, träumen sie. Vielleicht von einer gemeinsamen Zukunft. Auch Schäfchen Benny und Hündin Ariana sitzen eng beneinander auf der Blumenwiese am Hafen.

„Dass diese Wiese im dem jetzigen Sommer blüht, das heißt mit vielen kleinen, auch seltenen Blumen geschmückt ist, das ist ein Erfolg unseres NABU-Projektes: Renaturierung von Blumenwiesen. Natürliche Streublumenwiesen, entstanden durch Bestäubung von Vögeln. Überall hier an der Küste. Das ist mein Traum. Dann habe ich noch eine Idee:

Irgendwo am Hafen könnten die Naturschützer eine Dünenfläche anlegen und so einen schönen Übergang zu den ostfriesischen Inseln schaffen."

Das ist das Schlüsselwort. Ole verabschiedet sich und macht sich auf den Weg zu seiner Arbeit.

Sophie läuft mit Jani zu ihrer Ferienwohnung. Als sie in den Weg An't Hellinghus einbiegt, bekommt sie einen Schreck. Vor dem rot-weißen Haus sieht sie einen roten Sportwagen. Das ist ein Alfa Romeo, der Angeberwagen ihres Ex Lukas.

„Was will der denn hier in Greetsiel? Den hatte ich ja ganz vergessen. Wie hat Lukas erfahren, dass ich hier bin? Tausend Gedanken schießen ihr durch den Kopf. Vorsichtig und ein wenig zögernd öffnet sie die Tür. Lukas hat es sich offensichtlich bereits auf dem roten Sofa mit den fliederfarbenen Kissen bequem gemacht und plaudert mit Marietta. Plötzlich zaubert der unerwartete Besucher einen Strauß roter Rosen aus der Ecke:

„Für dich, liebste Sophie! Du fehlst mir sehr. Willst du meine Frau werden?", kommt es aus seinem Munde, wie aus der Pistole geschossen.

Offensichtlich stört es ihn nicht, dass Marietta dabei ist und ihre Tochter Odile in der Küche nebenan hantiert. Vielleicht gefällt es ihm sogar, dass damit seine Verlobung mit Sophie offiziell ist. Dieser Antrag bricht wie ein Gewitter herein! Sophies lang gehegte Träume scheinen zum Greifen nahe zu sein: heiraten, 2 bis 3 Kinder bekommen, ein Haus bauen, irgendwann 2 Katzen und ein kleiner Hund, die im Garten toben!

Doch die junge Frau reagiert erstaunt:

„Wir müssen reden, Lukas. Lass uns am Neuen Deich spazieren gehen. Beim Gehen lässt es sich am besten miteinander sprechen."

Beim Spaziergang auf dem Neuen Deich erklärt Sophie ihrem früheren Freund Lukas, dass sie sich noch vor zwei Monaten riesig über seinen Heiratsantrag gefreut hätte, dass es jetzt aber zu spät sei.

„Ich habe mich in einen anderen Mann verliebt!"

Bei diesen Worten streichelt sie ihm zart über seine linke Wange und nimmt dann seine Hände, um ihn zu trösten. Er zieht sie ein letztes Mal an sich.

Gegenüber auf dem Alten Deich steht Ole…

Du musst kämpfen!

Als der junge Biologe an der Ferienwohnung der drei Frauen vorbeigeht, um im Bauernladen Ziegenkäse und frische Eier von den frei laufenden Hühnern des Bauern zu holen, entdeckt er den roten Sportwagen. Wem mag dieser Angeberwagen wohl gehören? Sophie hatte ihren Ex-Freund nur einmal kurz erwähnt. Von dem rasanten Auto, in dem Lukas immer viel zu schnell fuhr, hat sie auch erzählt. Das hat Sophie Angst gemacht.

Nun hat Ole ein Problem, das er nie in seinem Leben haben wollte. Er liebt eine Frau, die noch einen anderen Mann liebt. Liebt Sophie Lukas noch? Ist da noch etwas zwischen den beiden? Das ist hier die Frage. Vor wenigen Minuten, als die beiden auf dem Neuen Deich standen, sah es fast so aus. Eine Szene voller Zärtlichkeit.

Ein totales Chaos! Ole möchte jetzt erst einmal alleine sein. Wenn der Naturschützer nachdenken will, dann zieht es ihn auf seine Blumenwiesen. Beim Betrachten der weiten Wiesen im weiten Land klärt sich so manches, und er hat die besten Einfälle.

Es ist Samstagnachmittag, und der Kutter von Erik liegt wieder im Greetsieler Hafen. Wie schön wäre es jetzt, wenn er mit seinem Vater über sein Problem sprechen könnte. So führt ihn sein Weg zurück auf den Alten Deich in Richtung Hafen. Am Hellinghus, nach dem wohl der Weg An't Hellinghus genannt wurde, führt ein Weg hinunter zum Hafenbereich. Unweit davon liegt die schöne GRE 11 namens JOHANNA im Hafen. Sie gehört Kapitän Hansen. Ole hat Glück, denn der Kapitän ist an Bord und werkelt an den Netzen. Wie ein zünftiger Kapitän hier an der Nordseeküste trägt er eine dunkelblaue Prinz-Heinrich-Mütze.

„Hast du einen Moment Zeit, Vater? Ich brauche deinen Rat. Du bist doch nun meine Familie!" Über das Gesicht seines Vaters zieht ein kaum erkennbares Lächeln. Hat Ole „Vater" und „Familie" gesagt? Ja, das hat er wohl gesagt. Ein ganz neues wundersames Gefühl für den Welt erfahrenen Kapitän!

„Schön, dass du den Weg zu mir findest und mich auf meinem Kutter besuchst. Komm herein in die Kajüte. Möchtest du einen Cappuccino?"

„Ja, gerne!", antwortet Ole und beginnt, sein Problem zu schildern. Erst zögernd, dann wie ein Wasserfall. Aufmerksam hört Kapitän Hansen seinem Sohn zu. All das erinnert ihn an damals vor fast dreißig Jahren:

Eine junge Frau am Hafen. Ein wunderbarer Sommer. Eine große Liebe. Zärtlichkeit und umwerfende Leidenschaft. Dann plötzlich der Abschied. —

Auch Sophie wird bald wieder in ihre Heimatstadt Bonn zurückfahren. Wie damals Johanna nach Hamburg zurückfuhr. Und nicht wiederkam.

„Halte sie fest, deine Sophie! Lass' sie nicht so einfach gehen. Du musst um sie kämpfen!"

Das sind Eriks letzte Worte. Beide haben ihren Cappuccino zu Ende getrunken. Nachdenklich und zugleich voller Elan verlässt Ole das Schiff.

Derweil gehen Sophie und Lukas zum Feriendomizil zurück. Lukas setzt sich total geschockt in seinen Sportwagen und düst davon.

Eine E-Mail für Marietta

Am Samstagnachmittag gegen 15.30 Uhr erhält Marietta eine Mail mit Priorität 1 von ihrem Verlag:

„Guten Tag Frau Herbst,

am kommenden Montag um 9.00 Uhr, findet eine wichtige außerordentliche Konferenz in unserem Verlag statt. Wir bitten Sie, unbedingt zu kommen. Wir müssen Sie dabei haben!

Mit kollegialen Grüßen

XY"

Beim Teetrinken teilt Marietta ihrer Tochter und Sophie mit, dass sie leider schon morgen am Sonntag zurückfahren müssen. Also einige Tage vor der geplanten Rückreise. Alle drei sind traurig. Das bedeutet ein plötzliches Ende der schönen Zeit in Greetsiel. Ein unerwartetes Ende!

Weder Marietta noch Sophie wissen, wie es nun weitergehen wird. Und auch Odile träumt, in Traurigkeit versunken, von ihrer ersten Liebe: Jan.

Als hätte Erik etwas geahnt, schickt er wie aus heiterem Himmel eine SMS mit folgendem Wortlaut:

„Ich möchte Euch alle drei sowie Ole und Jan heute am Samstag zu einem Abendessen im *Hohen Haus* um 19.00 Uhr einladen. Ole und ich möchten unsere Begegnung nach all den Jahren mit euch gemeinsam feiern. Das *Hohe Haus* war ja früher in alten Zeiten ein Gericht, aber Recht sprechen wollen wir nicht…Tschüss und bis 19 Uhr   Erik"

Marietta, Sophie und Odile beeilen sich, schnell eine Antwort zu senden:

„Wir kommen gerne! Wir haben Euch auch etwas mitzuteilen. Leider ist das nicht so erfreulich.

Bis dann liebe Grüße

Marietta & Co."

16.00 Uhr

Um ihren Frust ein wenig herunter zu spülen und weg zu futtern, beschließen die drei Freundinnen, mit Jani wieder einmal in die *Greetsieler Backstube* zu gehen. Ein Stück echte Ostfriesentorte ist die geeignete Leckerei, mit der die drei zusammen mit Cappuccino und Latte Macchiato sich trösten können.

Alles ist so traurig. Eigentlich möchte Sophie noch gerne in Ruhe mit Ole sprechen. Sie ist ihm ja wohl eine Erklärung schuldig. Der junge Biologe ist so verhalten und ruhig. Sophie schaut auf ihr rosa Handy. Kein Anruf, keine SMS, keine Mail! Ob Ole wohl denkt, sie sei wieder mit Lukas zusammen? Was hat er gesehen? Ist jetzt alles verloren? Denkt er, sie sei wankelmütig? Oder sie spielt ein doppeltes Spiel? All diese Gedanken schießen Sophie durch den Kopf.

Auch Marietta macht sich ihre Gedanken. Alles hat so schön angefangen. Sollen die gerade aufkeimenden Gefühle plötzlich nicht mehr wichtig sein? Sie hatte gar nicht mehr daran geglaubt, dass ihr Herz noch einmal Purzelbäume schlagen würde. Und sie möchte dieses tolle Gefühl nicht mehr missen. Bei Kaffee und Kuchen denken die drei Freundinnen mit großer Traurigkeit an Sonntag, den Tag des Abschieds.

Wie aus heiterem Himmel meint da Odile:

„Verdammt noch mal! Wenn sie uns mögen, geht die Geschichte irgendwie weiter. Auch nach unserer Heimkehr!"

Finkenwerder Speckscholle
19.00 Uhr

Im *Hohen Haus*. So stellt sich eine Familie aus Bonn eine alte Friesenstube vor: rustikale Holztische, handbemalte blaue Fliesen an der Wand, mit norddeutschen Motiven, wie Windmühlen, Schiffen, Leuchttürmen, ein alter Kamin, deftige Gerichte, erfrischende Getränke und lebhaftes Gemurmel.

Erik Hansen bestellt seinen Gästen jeweils ein Glas Sekt und möchte mit ihnen anstoßen:

„Auf unsere Begegnung als Vater und Sohn! Wer hätte das gedacht, dass ich, der weit gereiste Kapitän, mit fast fünfzig Jahren zum ersten Mal Vater werde. Und das gleich von einem fast 30jährigen Sohn! Zum Wohl! Auf uns alle!"

Sie stoßen auf das Wohl der beiden an. Doch als Marietta den drei Männern eröffnet, dass sie morgen früh überraschend zurück nach Bonn fahren müssen, sind alle von einem Moment auf den anderen bestürzt, sehr traurig.

„Auf diesen Schreck hin lasst uns den heutigen Abend voll genießen!", meint Ole mit einem lieben, sehnsuchtsvollen Blick zu Sophie. Alle sechs möchten eine frische Finkenwerder Speckscholle mit Salat und Bratkartoffeln essen. Marietta und Sophie bestellen jeweils ein Glas Rotwein, Odile liebt Apfelsaftschorle und die Herren ordern jeder ein frisch gezapftes Pils. Als kleines Hors d'oeuvre gibt es einen Brotkorb, gefüllt mit Weiß- und Graubrot und Griebenschmalz. Sehr lecker! Besonders den drei Damen läuft das Wasser im Munde zusammen. Das Schmalzbrot passt so richtig zu den urigen Holztischen. Das wird ein schöner Abend. Die gemeinsam verbrachten Tage haben die kleine Gruppe aneinander geschweißt. Doch irgendwie ist dieser letzte Abend auch melancholisch. Der junge Praktikant sitzt neben Odile und versucht ganz heimlich ihre Hand zu streicheln. Ole sitzt Sophie gegenüber und schaut sie fragend an, so als wolle er erfahren: „Liebt sie mich noch? Oder liebt sie den anderen mehr?"

Erik scheint etwas gelassener zu sein. Für ihn gibt es nur noch den Tag und danach die Nacht mit Marietta auf Langeoog, was wie ein Versprechen ist. Da unterbricht der Tierfreund Ole die plötzliche Stille:

„In wenigen Wochen werde ich mein Schäfchen Benny wieder seiner Schafherde zuführen. Ich muss es gleichsam auswildern. Der Abschied von dem kleinen Filou, der mich mehrere Wochen begleitet hat, wird mir schwer fallen. Ist mir der lustige Schelm doch sehr ans Herz gewachsen! Daher würde ich mich riesig freuen, wenn ihr drei dann wieder nach Greetsiel kommt. Was denkt ihr?"

„Wir kommen gerne! Das heißt, es hängt auch davon ab, ob Odile das zeitlich mit der Schule vereinbaren kann. Mal sehen! Wir möchten wirklich sehr, sehr gerne kommen", antwortet Marietta.

Sophie wirft Ole einen vielversprechenden Blick zu und sagt: „Super! Ich und Jani, wir sind dabei! Mein Russell Jani hat immer so gerne mit Benny gespielt. Sie wird den kleinen Racker sicher vermissen."

Mit Wehmut, aber auch mit schönen Gedanken schlendern die Sechs noch ein letztes Mal am Hafen von Greetsiel entlang.

Abschied ist ein schweres Wort

Am nächsten Morgen heißt es Abschied nehmen von Greetsiel. Es ist Sonntag um 10.00 Uhr morgens. Marietta, Sophie und Odile mit Parson Hündin Ariana stehen an der Bushaltestelle Greetsiel Schule und warten auf den Bus nach Emden. Es regnet. Merkwürdig, dass es in solchen Augenblicken immer regnet. Auf einmal fängt die kleine Hündin an zu fiepen. Das ist ein freudiges Fiepen, das sich fast wie das Jaulen einer jungen Wölfin anhört. Alle schauen um sich und fragen sich:

„Ist da vielleicht irgendwo ein Hund, ein kerniger Rüde?" —
„Nein!"

Da entdecken sie in der Ferne drei Personen, von der Brücke her kommend. Die Personen nähern sich schnell. Es sind drei Männer. Es sind Erik, Ole und Jan! Welch' eine Überraschung! Sophie mag zwar keine Abschiedsszenen am Bahnhof oder an der Bushaltestelle. Aber sie freut sich doch sehr, als Ole ihr plötzlich einen hellblauen Brief mit der Aufschrift „**Für Sophie**" übergibt mit den Worten:

„Bitte öffne den Brief erst im Zug!"

Der Kapitän und sein Schülerpraktikant schenken den drei Freundinnen zum Abschied drei frische Krabbenbrötchen und jeder von ihnen einen kleinen Krabbenkutter aus Holz in Rot, Blau und Hellgrün:

„Damit Ihr Greetsiel nicht vergesst!"

Die drei Frauen sind gerührt. Der Kapitän glaubt, insbesondere bei Marietta, Tränen in den Augen zu entdecken. Da kommt auch schon der Bus Nummer 621 mit der Aufschrift Emden. Und dann muss alles ganz schnell gehen. Fahrkarten kaufen, Koffer so verstauen, dass sie während der Fahrt nicht umfallen, ein ruhiges Plätzchen für Jani finden. Hier noch ein Küsschen — da noch eine zarte Umarmung — da noch ein verstecktes Schmusen, und schon geht's ab in die Hafenstadt Emden, auch Klein-Hamburg genannt.

Traurigkeit liegt in der Luft! Wann wird man sich wiedersehen? Wird man sich überhaupt wiedersehen? Niemand weiß, wie das Leben spielt.

Vielleicht war das nur ein schöner Sommer! Wunderschön und Unvergesslich!

Vielleicht waren das nur Träume —

Nordsee-Träume... ♥♥♥

Auf der Suche nach der verlorenen Zeit

„Vater, hast du Lust und Zeit, heute Nachmittag gegen 15.00 Uhr zu mir ins kleine weiße Haus am Deich mit den hellblauen Fensterläden zum Tee zu kommen. Erst gehst du an den zwei weißen Häusern von 1850 und 1910 vorbei, dann siehst du bald mein Haus! Wir können es uns gemütlich machen, und ich zeige dir Fotos von früher. Was denkst du?"

„Das ist eine tolle Idee! Ich komme gerne, mein Sohn! Also dann bis heute um 15.00 Uhr bei dir!"

Pünktlich um 15.00 Uhr klingelt es im weiß-blauen Haus, und Erik steht zum ersten Mal an der Haustür, die ihn zu seinem Sohn führt. Er kann es kaum abwarten, in Oles ganz persönliches Reich einzutreten. In der Hand hält er einen Kerzenhalter aus weißem Porzellan der Marke Friesland mit dem typischen weiß-blauen Muster am oberen Rand und am Fuß. In dem Kerzenhalter befindet sich eine weiße Kerze. Wie ein Symbol!

„Hast du es gewusst? Hast du es geahnt? Dieser Kerzenhalter fehlt mir gerade noch zu meinem Teegeschirr. Das war das erste Service, was ich mir hier in Greetsiel in der süßen kleinen Boutique am Hafen für meine neue Wohnung gekauft habe! 1000 Dank an dich, lieber Vater!", freut sich Ole riesig und führt Erik in sein Wohnzimmer.

„Du hast es ja sehr modern und sehr behaglich zugleich eingerichtet. Toll. Ich freue mich, bei dir zu sein. Ja, vielleicht habe ich es geahnt, dass du dieses blau-weiße Design magst. Ich mag es nämlich auch", schmunzelt Erik.

Der runde Tisch ist mit dem friesischen Service gedeckt. Zwei Kuchenteller mit jeweils einem Windbeutel mit Kirschen und Schlagsahne und leckeres schwarz-weiß Gebäck laden zum Naschen ein.

„Möchtest du einen Tee, einen echten Ostfriesentee?", fragt Ole.

„Selbstverständlich als echter Ostfriese von Geburt an und immer trinke ich natürlich am liebsten den würzigen Ostfriesentee mit Kandis und Sahne!"

Erik schaut sich in Oles Wohnzimmer um und entdeckt plötzlich in einer geschützten Ecke in einem Korb das Schäfchen Benny, das er noch gar nicht kennt. Benny schläft gerade, nachdem der kleine Schafjunge wild im Garten herumgetollt hat und vorher bereits mit Ole spazieren gegangen ist. Das Schäfchen schläft auf seiner hellblauen Wolldecke. Neben seinem Weidenkorb steht ein blauer Porzellannapf mit frischem Wasser. Das muss sein! An der Wand über Benny hängen zwei Bilder vom Hamburger Hafen. Über dem blauen Sofa aus Jeansstoff hängt ein großes Foto von einer bunten Blumenwiese, auf Leinwand gezogen.

„Ist das eine von deinen Wiesen, die du angelegt, gepflegt und kultiviert hast? Bei unserer ersten Krabbenfangfahrt mit meinem Kutter hast du davon berichtet. Schon an diesem Tag fühlte ich mich dir ganz vertraut. Das war wie eine Seelenverwandtschaft", nachdenklich betrachtet Erik die Blumenwiese.

„Ja, das ist die erste kleine bunte Blumenwiese, die ich nach einem alten Bild angelegt habe. Das Bild habe ich in einem Buch gefunden, das mir eine liebe Frau aus Greetsiel geschenkt hat, als ich etwa drei Jahre alt war. Ich muss also schon einmal hier gewesen sein!

Auf einem weißen modernen Schreibtisch entdeckt Erik ein Bild in einem weißen Rahmen. Er hebt es hoch und schaut es sich genau an. Und plötzlich wird er ganz traurig. So als schaue er in die Vergangenheit.

Auf der Suche nach der verlorenen Zeit…

„Das ist meine liebe Mutti. Leider habe ich sie vor drei Jahren verloren. Aber in meinem Herzen lebt sie weiter."

In dem behaglichen, lichtdurchfluteten Zimmer herrscht von der einen Sekunde auf die andere Stille. Eine fast unheimliche Stille.

„Du musst mir von ihr erzählen! Als ich Johanna traf, war sie gerade einmal 19 Jahre geworden. Ich sehe sie genau vor mir mit ihren langen blonden Haaren, die im Wind wehten. Damals, als sie am Hafen stand. So als wäre es heute! Ich hätte sie so gerne wieder gesehen! Es ist unendlich traurig, dass deine Mutti, meine Johanna, nicht mehr lebt."

„Ja, sie ist viel zu früh gestorben. Ich denke, sie wurde krank aus Kummer. Vor etwa fünf/sechs Jahren wurde ihr bewusst, dass sie damals eine falsche Entscheidung getroffen hatte. Sie wollte wohl, dass du deine Träume leben kannst und dich nicht durch ein Kind gebunden fühlst. Denn du warst ja noch so jung damals. All das hat sie mir erst in ihren letzten Wochen erzählt, als ich an ihrem Bett saß und ihre Hand hielt", beginnt Ole zu erzählen.

„Ich habe versucht, sie zu trösten. Und ihr gesagt, dass es damals sicher so richtig war, wenn sie auf ihre eigene innere Stimme gehört hat. Sie hat mir noch einen Brief für dich mitgegeben, den ich dir überreichen möchte, wenn ich dich finde. Eine kleine weiße Schatztruhe hat sie mir auch für meinen Vater gegeben. Hier ist beides. Nimm diese Dinge mit nach Hause und schau sie dir in Ruhe an — irgendwann einmal…"

Vater und Sohn erzählen sich noch den ganzen Nachmittag von ihrem Leben, ihren Träumen und Visionen. Irgendwann setzen sie sich beide auf den Holzboden zu Oles Schäfchen Benny, das in seinem Körbchen ruht. Sie streicheln es zart.

„Schön, dass du so viel Liebe zur Natur hast, zu den Schafen, den Vögeln, den Blumen und Wiesen, zum Meer und schließlich zu Greetsiel. Toll, dass du hier deine Wahlheimat gefunden hast, obwohl du in der großen Stadt Hamburg mit ihrem pulsierenden Leben aufgewachsen bist!"

Mit diesen Worten verabschiedet sich der Vater von seinem Sohn, indem er ihn mit einer kräftigen Männergeste an sich drückt.

Es ist, als wolle er in diesem Moment alles nachholen, wozu er bis jetzt keine Gelegenheit hatte. Ein magischer Augenblick.

Auf dem Weg zurück nach Bonn

Währenddessen sitzen die drei Freundinnen in dem IC-Zug, der sie von Emden zurück nach Bonn fährt. Eine angenehme, komfortable Reise in dem gebuchten Abteilwagen zu dritt mit Hündin Jani. Marietta liest in einem Buch über Ostfriesland und Odile hat Jani auf ihren Schoß genommen und streichelt sie zärtlich, was die Hündin sehr genießt. Plötzlich greift Sophie ihre lila Sansibar-Handtasche, in der sie den Brief von Ole aufbewahrt hat, und macht sich auf den Weg zum Zugrestaurant, um eine Tasse Kaffee zu trinken.

Im Zugrestaurant trinken einige Reisende Kaffee und essen ein Stück Butterkuchen dazu, andere sind noch beim Espresso nach einem ausgiebigen Mittagessen. Sophie setzt sich an einen kleinen Zweiertisch am großen Fenster und bestellt einen schwarzen Kaffee. Die Sonne scheint ihr ins Gesicht, als sie verträumt den hellblauen Brief von Ole aus ihrer Handtasche holt. In dem Umschlag befindet sich eine Kunstpostkarte von dem Maler Ole West, auf welcher der rot-gelbe Leuchtturm von Pilsum abgebildet ist. Auf der Rückseite steht nur ein Satz:

„Liebste Sophie,
 ich möchte Dich mit in mein Leben nehmen.
In Liebe und Zuneigung
Dein Ole"

Sophie ist ganz gerührt. Eine Träne läuft ihre rechte Wange hinunter. Und sie erinnert sich an Oles Worte, die er während ihrer gemeinsamen Fahrradtour auf dem Leuchtturm sagte:
Sie fragte damals: „Warum führst du mich hierhin?"
Oles Antwort: „Weil ich dich hier heiraten möchte!"
Danach küsste Ole sie leidenschaftlich. So wie ihr Freund Lukas sie nie geküsst hatte... ♥

Versonnen schaut Sophie hinaus aus dem Fenster des Zugrestaurants auf die vorbeiziehende Landschaft. Das waren einmalig schöne Tage in Greetsiel. Mit Ole. Sie waren beide sehr, sehr verliebt! Bis Lukas kam. Was nun? Ihr Leben ist ein Chaos. Je mehr der Zug sich Bonn, ihrer Heimat, nähert, desto mehr Zweifel kommen in ihr auf. Wird sie eine Fernbeziehung führen können? Was soll daraus werden? Ole, ihre neue Liebe, in Greetsiel. Sie selbst in Bonn. Wie oft im Monat könnten sie sich sehen? Wie kann sie das mit ihrem Beruf als Trendforscherin vereinbaren? Heute Paris, morgen Mailand, übermorgen Berlin, dann irgendwann Düsseldorf und Hamburg oder auch mal New York oder Rom. Fragen über Fragen.

Auf der anderen Seite steht Lukas, der junge Mann, mit dem sie drei Jahre zusammen war, bevor die Geschichte ein jähes Ende nahm. Und jetzt ist er plötzlich wieder da! Und er möchte sie heiraten. Sofort. Das hatte sie sich während der letzten Zeit ihrer Beziehung so sehr gewünscht. Manchmal ist es schon merkwürdig im Leben. Auf einmal ist die Erfüllung eines Wunsches zum Greifen nahe. Doch dann fragt man sich, ob man das überhaupt noch möchte.

„Was will ich eigentlich?", fragt Sophie sich in Gedanken. „Will ich Ole, den romantischen, verträumten Naturschützer, oder will ich Lukas, den zielstrebigen, trendfreudigen Unternehmensberater, den Yuppie, der mir alle Wünsche von den Augen abliest und erfüllen möchte? Doch das gilt wohl eher für die Wünsche materieller Art. Ole erspürt vielmehr meine immateriellen, gefühlsmäßigen Wünsche. Was will ich nun? Was ist mir wichtig?"

Sophie trinkt ihren Kaffee aus und begibt sich wieder in das Abteil, in dem die beiden Freundinnen und Jani schon sehnlichst auf sie warten.

Dann kurze Zeit später ertönt der Lautsprecher im Abteil: „Sehr verehrte Fahrgäste, wir erreichen in Kürze Bonn Hauptbahnhof.

Sie erreichen alle vorgesehenen Anschlusszüge. Der Ausstieg ist in Fahrtrichtung links."

Das ist schon das Ende der Zugfahrt und zugleich das Zeichen zum Aufbruch für die vier Reisenden. Sophie wohnt mit ihrer Hündin in einer supermodernen Neubauwohnung in Bonn-Poppelsdorf, einem schicken Studentenviertel in der Nähe der City von Bonn, während Marietta und Odile im Rheinviertel in Bonn-Bad Godesberg in einer alten Jugendstilvilla residieren.

„Es war toll, dass wir nicht nach Mallorca geflogen sind, sondern mit dem Zug und Bus nach Greetsiel gefahren sind!", verabschiedet sich Marietta mit einem Schmunzeln. Odile drückt Jani ein letztes Mal und ist total traurig, dass sie nun nicht mehr jeden Tag mit der Hündin spazieren gehen und herumtoben kann.

„Ciao! Ich rufe euch an", ruft Sophie zum Abschied mit einem Anflug von Wehmut im Gesicht. Nun hat der Alltag die drei Freundinnen wieder.

Eine unerwartete E-Mail

Als Sophie am nächsten Tag, einem Montag, ihren E-Mail-Briefkasten öffnet, entdeckt die Trendforscherin eine unerwartete Mail.

„Betreff: *Ich muss Dich wiedersehen!*"

Von wem ist diese Mail wohl? So fordernd, wie der Betreff lautet. Dann folgt der Text:

„Ich habe einen Fehler gemacht, einen großen Fehler! Wir haben einen Fehler gemacht! Bitte melde Dich, Sophie! Ich warte."

Lukas

Der Text der Mail von Lukas klingt sehr fordernd. Das war doch sonst gar nicht seine Art, denkt Sophie bei sich. Um die Sache zu klären, ruft sie ihren früheren Freund an. Das wird ein langes Telefongespräch, und die junge Frau lässt sich schließlich zu einem Treffen in ihrem Lieblingsitaliener im Zentrum von Bad Godesberg überreden. Am kommenden Freitag treffen sich die beiden

Ex-Verliebten im Wintergarten des beliebten italienischen Risto-rante auf der sogenannten Rampe in Bad Godesberg, die zur be-rühmten Godesburg hinaufführt. Ehe Sophie sich's versieht, be-stellt Lukas ihren Lieblingswein, einen süffigen Chianti, und eine große Flasche Pellegrino.

„Was soll das werden?", fragt Sophie ungeduldig.

„Was möchtest du essen? Wieder Insalata Mista und Taglierini Mucki, die leckeren mit den Garnelen und der Tomatensoße, wie immer? Sag ja, bitte! Wir machen uns einen gemütlichen Abend wie früher!"

„Was willst du? Warum hast du dich mit mir verabredet?", will Sophie unbedingt wissen.

Da ergreift Lukas ihre Hand und drückt sie fest: „Ich liebe dich noch immer! Jetzt, da ich dich fast verloren hätte, ist mir das erst richtig bewusst geworden. Ich begehre dich, meine große Schön-heit!"

Dazu ein fordernder Blick. Sophie wird unsicher und versucht, die etwas brenzlige Situation mit einer lustigen Bemerkung zu über-spielen:

„Dafür hast du aber lange gebraucht, findest du nicht, du Spät-zünder?"

Mit viel Humor und witzigen Anmerkungen gelingt es der jungen Frau den Abend im Restaurant hinter sich zu bringen. Inzwischen ist es spät geworden, und so nimmt sie Lukas' Angebot an, sie mit seinem Sportwagen nach Hause zu bringen. Dies, obwohl sie lie-ber mit dem Bus gefahren wäre. Dann passiert es: Plötzlich vor der Haustür zu ihrer Wohnung packt ihr ehemaliger Freund sie wild und ungestüm an, drückt sie eng an sich und will mehr… Das ist zu viel für Sophie. Sie stößt Lukas von sich, schließt die Tür auf, tritt ein, knallt die Haustür direkt wieder zu und steigt in Winde-seile die Treppe zur ersten Etage in ihre Wohnung hinauf. Erst als sie ihre eigene Tür fest hinter sich verschlossen hat, wird sie ruhi-ger. Sie setzt sich auf ihr kleines lila Sofa, da springt auch schon ihre liebe Russell Hündin Jani auf sie zu, um sie zu trösten. Das war ein unerwarteter Abend, wie man ihn sich nicht wünscht! Sie kam sich vor, wie in einem schlechten Thriller! Und wollte nur noch eins: Schlafen, schlafen, schlafen! Und vergessen!

Eine positive E-Mail

Nach einer unruhigen Nacht und einem ausgiebigen Frühstück mit einem gekochten Ei, einem leckeren Buttercroissant und einem knusprigen frischen Brötchen mit der guten Sanddorn-Holunder-Marmelade aus Greetsiel, einem frisch gepressten Orangensaft sowie frisch gebrühtem würzigen Kaffee checkt Sophie ihre Mails. 33 an der Zahl. Darunter entdeckt die Trendforscherin eine Mail von ihrer Agentur mit folgendem Wortlaut:

Mail an Sophie.Sommer@trend.de
„ Frau Sophie Sommer,
Ihre Mode-Fotos aus Greetsiel, insbesondere die Fotos auf dem Krabbenkutter, haben uns sehr gut gefallen. Das ist sportliche Trendmode in einer Abenteuer-Szene! Könnten Sie sich vorstellen, ein ganzes Hochglanz-Magazin von der Sommermode in diesem Ambiente zusammenzustellen? Motto: ‚Ferien-Trends und Meer 2013‘? Wir denken, dass Mode- und Lifestyle-Agenturen in Le Touquet Paris Plage, Rom, London, Hamburg, auf Sylt und in St. Peter-Ording sowie in Stockholm und Deauville Interesse zeigen könnten. Wir erwarten Ihre schnelle Antwort!
Trendsetter & Co.“
Und wie sie sich das vorstellen kann! Was Besseres kann ihr doch gar nicht passieren, und so antwortet sie denn mit einem dicken JA. Ein Auftrag in Greetsiel — das bedeutet Zärtlichkeit im Krabbendorf mit Ole! Verliebtheit ohne Ende. Und Krabbenbrötchen!
Von dieser Idee begeistert, holt sie schnell Janis rote Leine. Vor Freude springt das Russell Mädel, wie von der Tarantel gestochen, in die Luft! Es gibt wohl keinen zweiten Hund auf der Welt, der

seine Leine so mag wie Jani. Denn Halsband anlegen, Leine befestigen — das heißt Gassi gehen, schnüffeln, andere Hunde treffen. Was gibt es Schöneres für einen Parson Russell Terrier? Vielleicht Toben und Schmusen!

Sophie und Jani unternehmen einen entspannten Spaziergang zum Poppeldorfer Schloss und dann die Poppelsdorfer Allee entlang. Die Sonne scheint. Fast hat Sophie das schreckliche Erlebnis vergessen. Sie denkt nur noch an Ole. Um ihm dies zu zeigen, schickt sie sofort nach ihrer Ankunft zu Hause eine stille Post, sprich Mail, an ihn:

„Mein lieber Umweltschützer,

ich möchte Dich einfach nur sehen. Dich einfach anschauen. Und Dir Dinge erzählen, die ich sonst niemandem erzählen mag. Ich möchte nur einfach mit Dir Krabbenbrötchen essen. Wie damals an einem wunderschönen Morgen am Hafen von Greetsiel…

Tschüss Sophie"

Wie im Traum
Am späten Nachmittag

Das Leben ist manchmal wie ein Traum. Man glaubt, dass es nicht wirklich ist, nicht real ist. So ergeht es Sophie, als es plötzlich an ihrer Wohnungstür klingelt. Wer kann das sein? Hoffentlich nicht Lukas. Sie schaut noch einmal in den Spiegel, bevor sie die Tür zögernd öffnet.

Ein schöner junger Mann lächelt ihr entgegen. Sie kann es gar nicht glauben. In der rechten Hand hält der junge Mann eine Mini-Kühltasche. Merkwürdig, denkt Sophie so bei sich. Was ist da wohl drin? Doch bevor sie fragen kann, schließt der tolle Mann ihren Mund mit einem wilden Kuss. Das ist wie Brombeertorte mit Sahne oder wie ein Spaghetti-Eis mit frischen Erdbeeren oder wie ein doppelter Cappuccino mir drei belgischen Pralinen!

„Gerade habe ich deine Mail bekommen. Meine Freude war so groß, dass ich direkt nach Bonn geflogen bin. Denn ich möchte dich einfach nur sehen!" —

Der junge Mann ist ihr Urlaubsflirt Ole!

„Aber das geht doch gar nicht so schnell! Von Greetsiel nach Bonn fliegt kein Flugzeug. Außerdem fliegst du auch nicht gerne, wie du mir erzählt hast. Kannst du Gedanken lesen?", fragt Sophie neugierig.

„Die Geschichte ist ganz anders. Auch ich hatte Sehnsucht nach dir. Und stell' dir vor, mein Vater ist auch hier in Bonn. Genau gesagt, er ist bei Marietta in Bad Godesberg. Beide hatten wir Sehnsucht nach euch, und so haben wir uns diese Überraschung ausgedacht. Wir hoffen, ihr freut euch. Apropos Greetsiel: Willst du gar nicht wissen, was sich in der kleinen Kühltasche befindet?"

„Wahrhaft! Die Überraschung ist euch gelungen! Nun öffne schon deine famose Kühltasche. Denn ich kann es kaum abwarten. Hast du etwa einen Fisch mitgebracht?"

Ole schüttelt den Kopf, schmunzelt und fragt: „Darf ich den Tisch decken?" — „Ja, sehr gerne. Ich liebe es, mich verwöhnen zu lassen! Und es ist ja auch fast Abendessenzeit!"

Daraufhin geht der junge Mann zu dem Esstisch mit der urigen Holzplatte und holt zwei rote Stoffservietten sowie zwei Sektgläser und eine Flasche Prosecco aus der Kühltasche und nimmt schließlich zwei große weiße Teller aus dem modernen Küchenschrank. Auf diese Teller zaubert er frische Rucola-Blätter und jeweils ein Krabbenbrötchen. Den Abschluss bilden drei große Muscheln, die Ole dekorativ auf dem Tisch verteilt.

Sophie ist begeistert. Hat sie doch gerade eben noch von einem Krabbenbrötchen geträumt! Diesen Mann muss ich festhalten! Obwohl ich eigentlich nur einen Urlaubsflirt wollte! Ein Abenteuer, nicht mehr! Jetzt wird es immer gefährlicher für mich…Diese Gedanken schießen Sophie durch den Kopf.

Beide setzen sich an den gedeckten Holztisch und genießen das Greetsieler Mahl und den italienischen Prosecco.

„Ich möchte dir was erzählen!", unterbricht Sophie das genussvolle Schweigen.

„Ich dir auch!", entgegnet Ole „aber du zuerst!"

„Also, heute Morgen habe ich eine interessante Mail von meiner Agentur bekommen. Das Team fragt mich, ob ich ein Hochglanz-Magazin über aktuelle und künftige Modetrends an der Nordseeküste fotografieren und erstellen möchte. Das finde ich einfach nur ‚Wow' und habe direkt zugesagt. Dann können wir uns öfter sehen. Wenn du es auch möchtest. Was meinst du?"

„Das ist ja ein lustiger Zufall. Auch ich habe eine Anfrage bekommen. Der NABU plant ein Projekt am Rhein, und zwar die Rettung der Eisvögel. Da könnte ich mitarbeiten. Das wäre schon faszinierend! Und ich könnte dich oft sehen! Aber, was nun?"

„Das können wir noch in Ruhe besprechen. Eigentlich wollte ich ja nur ein Abenteuer in den Ferien in Greetsiel erleben! Aber jetzt zeige ich dir erst mal meinen Lieblingsblick in Bonn!", freut sich Sophie.

Und schon ziehen die beiden mit dem Parson Russell Mädchen an der roten Leine los in Richtung Bonner City. Sophie führt Ole zur altehrwürdigen Friedrich-Wilhelm-Universität zu Bonn am Hofgarten, einer großen Wiese mit Blick auf das Ernst-Moritz-Arndt-Haus, einer Kunstgalerie. Ole betrachtet begeistert das studentische Leben. Viele junge Leute liegen mit oder ohne Bücher auf der Wiese und genießen ihre Zeit, die sie noch haben. Von der Uni geht's in Richtung Münster.

Als sie an dem großen Brunnen stehen, meint Sophie:

„Hier ist mein Lieblingsblick! Der Blick auf das Poppelsdorfer Schloss dort hinten. In meiner Fantasie sehe ich hier eine Prachtallee mit Modegeschäften, Boutiquen, kleinen Kunstgalerien, Bistros und Cafés, Buchhandlungen, Kreativshops mit handgefertigtem Schmuck. Was meinst du?"

„Eine tolle Idee! Vielleicht wird sie einmal Wirklichkeit. Ich finde es super, dass du dich mit Mode und neuen Trends beschäftigst. Das alles in Verbindung mit der Natur trägt sicher zum sinnlichen

Wohlbefinden im Alltag bei. Das ist auch so einmalig in Greetsiel, das dort alles so natürlich belassen ist."

Am Abend treffen sich die beiden mit Marietta, Odile und Erik bei Mariettas Lieblingsitaliener auf der Rampe in Bad Godesberg. Von dort aus führt ein Weg zur Godesburg. Bei Pasta, Pizza, Salat, Wein und Wasser feiern alle fünf ein Wiedersehen. Nur Odile ist ein wenig traurig, dass Jan nicht mitkommen konnte. Als Trost schickt sie ihm eine SMS und wartet gespannt auf die Antwort. die dann auch direkt kommt:

„Gern wäre ich bei Euch, bei DIR!"

Am nächsten Tag müssen Erik und Ole leider wieder zurückreisen, denn die Pflichten, sprich Jobs, rufen.

Auswilderung von Benny

Einige Tage später flattert eine E-Mail bei Sophie in den Eingangskorb auf ihrem Notebook mit folgendem Wortlaut:

Mail von Ole.Winter@nabu.de

„Hallo Ihr Hübschen,

ich denke, es ist an der Zeit, mein süßes Schaf Benny auszuwildern. Ich bin ein wenig traurig. Aber Benny muss nun seine Schafherde und das Leben mit seinen Artgenossen kennen lernen. Könnt Ihr Ende August kommen, damit wir gemeinsam unser Pflegekind in die große weite Welt schicken können?

Das wäre einmalig schön!

Liebe Gedanken an Euch drei Ole"

Sofort, als hätte Sophie nur auf ein Zeichen von Ole gewartet, folgt die Antwortmail:

„Moin Ihr lieben Männer in Greetsiel!

Wir haben Glück. Im Skipper Asterix sind Ende August gerade noch 7 Tage frei! Wir haben gebucht und freuen uns riesig…auf Benny und auf Euch beide oder Euch drei. Wird Jan auch dabei sein?

Bis dahin Euch eine gute Zeit und liebe Grüße
Sophie, Marietta und Odile"

Letzter Samstag Ende August

Bei tollem Spätsommerwetter mit viel Sonnenschein treffen die drei — Marietta, Sophie und Odile — nach einer angenehmen Bahn- und Busreise in Greetsiel ein. Von der Bushaltestelle Ankerstraße ist es zu Fuß nicht weit ins Hafendorf, wo die Ferienwohnung liegt. Was für eine Überraschung! An der Ankerstraße stehen Erik und Ole und warten sehnsüchtig auf die drei Damen. Das Schäfchen Benny haben sie auch mitgebracht. Das wird ein freudiger Empfang. Nur Jan, Odiles Ferienflirt, konnte nicht mitkommen, da seine Mutter Geburtstag feiert. So kann Odile ihre Enttäuschung kaum verbergen und ist schweigsam.

Ole hat an alles gedacht. Er hat einen kleinen runden Käsekuchen und Schlagsahne in der Greetsieler Backstube besorgt und frisch gerösteten Kaffee von zu Hause mitgebracht.

„Du bist ja lieb!", meint Sophie ganz spontan und gibt ihrem Freund ein zärtliches Küsschen.

Die Sonne scheint in die helle Ferienwohnung, und es ist alles genauso schön wie beim letzten Besuch. Unser Blumenfreund Ole hat einen kleinen Strauß bunter Wiesenblumen gepflückt und stellt ihn schnell in eine Vase. Wie flinke Heinzelmännchen decken die beiden Männer den Kaffeetisch an der roten Sesselecke.

„Der Kaffee ist fertig!", tönt es passend dazu aus dem CD/DVD-Player. Das ist ein alter Schlager, gesungen von Peter Cornelius. Das ist auch ein Lieblingslied von Marietta.

Während der gemütlichen Kaffeestunde erläutert der junge Biologe Ole seinen wohl durchdachten Plan zur Auswilderung von Schaf Benny. Ole hat Benny mit viel Geduld mit Milch und Trockenfutter, das die für Jungtiere notwendigen Nährstoffe enthält, so aufgepäppelt, dass das Schäfchen nun kräftig und stabil genug ist, um seiner Herde zugeführt zu werden. Liebevoll bindet Ole seinem Benny ein hellblaues Band um den Hals, damit er ihn in der Herde wiedererkennen kann.

Alle fünf, das heißt die drei Gäste aus Bonn sowie Kapitän Erik Hansen und Biologe Ole Winter streicheln Benny, auch Benjamin genannt, ein letztes Mal. Parson Russell Terrierin Jani spielt noch einmal ganz wild mit ihrem Freund Benny. Dann heißt es Abschied nehmen.

Alle fünf verabreden sich für den nächsten Tag am Leuchtturm, wo der Schäfer mit seiner Schafherde warten wird.

Sonntag

Die Sonne scheint warm und kräftig. Möwen kreischen am Himmel, als wollten sie verkünden: „Benny kommt!" Die fünf Freunde sind mit Jani und Benny nach einem Spaziergang auf dem Deich am Leuchtturm angelangt. Ole schenkt Benny eine letzte Streicheleinheit. Dann kommt eine Überraschung. Aus seinem Rucksack zieht er ein Stück Schaffell. Es sieht aus wie das Fell eines ganz jungen Tieres. Zart und fast weiß. Alle staunen. Was soll denn damit geschehen? Behutsam legt der Biologe das Fell um Benny und befestigt es mit einem leichten Band. Suchend schaut er um sich und entdeckt ein besonders dickes Schafweibchen. Es sieht aus, als würde es Serafina heißen. Nun schiebt Ole seinen Benny ganz vorsichtig zu diesem Weibchen und beobachtet, was geschieht. Serafina riecht an dem aufgelegten Fell an Benny, riecht und schnuppert immer wieder, immer intensiver und dann dreht sie sich so, dass Benny ihre Zitzen findet. Wie wild geworden und als hätte das Schäfchen tagelang nichts gefressen, verschlingt es die angebotene Milch. Alle staunen.

„Das ist nämlich so", erklärt Ole, „Serafina hat vorgestern ihr Junges verloren. Das Kleine wurde tot geboren. Ich hatte dem Schäfer von dem Tod von Bennys Mutter erzählt und hatte ihn gefragt, was wir tun können. Dann hat er mir von dem totgeborenen Schaf von Serafina erzählt und den Vorschlag gemacht, das abgezogene

Fell von dem verstorbenen Schaf um Benny zu legen. Ihr seht, das hat geklappt. Serafina hat Benny als ihr Kind adoptiert."
„Das ist eine wundersame Geschichte!", bemerkt Sophie.

Foto: Holger Forst — Ein Dankeschön!

Und sie fotografiert das gerade. Sophie at Work! Mit Eifer schießt sie Schnappschüsse vom alten Schäfer, von der Schafherde, von Ole und Benny. Und dann von Serafina genau in dem Augenblick, als sie neugierig an Benny schnuppert und sich zu ihm wendet. Ein wunderbarer Moment, als das kleine Schaf zu säugen beginnt!

Unterdessen kümmert sich Marietta oben auf dem Deich in gewisser Entfernung um Hündin Jani. Dann auf einmal läuft Odile ins Bild — spielerisch und natürlich — und fungiert gleichsam als Model auf einigen Fotos.
Ganz unerwartet knipst Sophie ein spontanes Bild von Marietta und Erik, die beide eng umschlungen mit Jani am Leuchtturm stehen. Eine tolle Szene: Marietta im roten Sweatshirt, hellblauer

Jeans und rot-weißen Sneakers; Erik ganz in Mittelblau trägt ein Fieldjacket mit den Ahornblättern, eine bleached Jeans und einen modern gebundenen Schal in den Farben Blau-Weiß-Rot. Und Russell Jani ist mit einem roten Halsband und roter Lederleine geschmückt. „Bleu — blanc — rouge: das sind die Farben der französischen Nationalflagge", denkt Sophie so bei sich. „Die Farben meines Lieblingslandes neben Deutschland!"

Dann laufen Sophie und Ole auf den Deich und alle fünf beobachten Benny und seine neue Mami Serafina. Offensichtlich haben sich die beiden lieb gewonnen, und Benny versucht auch schon mit einem jungen Schaf, das neben ihm steht, gemeinsam „Mäh, mäh!" zu blöken. Ole ist glücklich und zufrieden. Nur Sophie entdeckt einen Hauch von Traurigkeit in seinem Gesicht.

„Ich möchte gerne mit zu dir in dein kleines Haus kommen und mit dir eine Tasse Ostfriesentee trinken. Dies, damit ich dich trösten kann. Jani wird sich sicher in Bennys Korb legen, wenn du es erlaubst. Benny ist ja auch ihr Freund! Was meinst du?", versucht Sophie ihn zu trösten.

„Abschied nehmen ist ein wenig wie Sterben. Auf Französisch: ‚Partir c'est mourir un peu'. Dieser Spruch kommt mir in den Sinn und will mir nicht mehr aus dem Kopf gehen…", entgegnet Ole traurig und schaut ein letztes Mal der Schafherde und dem kleinen Benny hinterher. Doch nun heißt es vorwärts schauen. Für Benny ist es das Beste so. Er hat eine Familie, eine Schafherde, gefunden. Und vor allem eine liebe Mami Serafina, die auch glücklich ist.

Alle machen sich auf den Rückweg ins Dorf. Plötzlich klingelt Odiles Handy. Wer mag das wohl sein? Es ist Jan, der junge Praktikant. Odile kichert und tuschelt am Telefon. Dann wendet sie sich an ihre Mutter:

„Jan möchte mit mir in der tollen dänischen Eisdiele am Hafen von Greetsiel Eis essen gehen. Er schwärmt mir von dem leckeren Spaghetti-Eis mit frischen Beeren vor, das es dort angeblich gibt. Ist das in Ordnung für dich, Mami? Irgendwann am Abend komme ich dann in unsere Ferienwohnung zurück."

„Ja, einverstanden. Aber bitte nicht zu spät! Vielleicht gehen wir zusammen essen. Jan kann gerne mitkommen, wenn er möchte."

„Mal sehen, ich melde mich gegen 18.00 Uhr bei dir am Handy!", antwortet Odile und springt freudig den Deich entlang. Marietta und Erik bleiben einsam zurück. Doch Erik hat schon eine Idee…

Sophie und Ole

Nach kurzer Zeit und mehreren langen, wehmütigen Blicken zu Benny kommen Sophie und Ole mit Jani am kleinen weiß-blauen Haus an. Sophie scheint ungeduldig zu sein und will ganz schnell in das Haus hinein. Sie drängt so, dass Ole kaum Zeit hat, die Haustür in Ruhe zu öffnen. Dann, als die Tür offen ist, läuft Sophie wie von der Tarantel gestochen, ins Badezimmer. Erstaunt schaut Ole ihr nach, und Jani will ihr am liebsten nachlaufen. Doch schnell schließt Sophie die hellblaue Tür des Badezimmers.

Als die junge Frau das Badezimmer verlässt und ins Wohnzimmer kommt, fragt Ole besorgt:

„Ist alles in Ordnung? Wie geht es dir, liebe Sophie? Soll ich dir einen Tee machen? Einen Kamillentee oder einen Ostfriesentee? Magst du ein paar Mandelplätzchen oder nur Butterkekse?"

„Am besten trinke ich beide Teesorten. Gestern Abend habe ich wohl zu viel gegessen. Ein Kamillentee wird meinen Magen beruhigen und anschließend wird mir ein Ostfriesentee wieder neuen Schwung geben. Und zwei Mandelplätzchen dazu — das wäre schön! Was meinst du?"

Schnell umarmt Ole Sophie, tröstet sie ein wenig und begibt sich in die gemütliche weiße Holzküche. Inzwischen kuschelt sich Russellmädchen Ariana heimlich, still und leise in Bennys Korb, nachdem sie ausgiebig an dessen blauer Wolldecke geschnüffelt hat. Während die Hündin einschläft, trinken Sophie und Ole genüsslich ihren Tee. Ole sitzt direkt neben seiner Freundin und drückt sie zart an sich:

„Geht es dir besser?", schaut er sie fragend an, „möchtest du mit mir auf unsere Bank am Hafen gehen und ein wenig träumen?"
„Ja, gerne! Mit geht es schon viel besser", antwortet Sophie.

Auf ihrer Bank am Hafen zieht Ole plötzlich ein rosa Kästchen aus seiner Jackentasche, kniet vor seiner Freundin nieder und sagt:
„Liebste Sophie, ich liebe dich. Möchtest du meine Frau werden? Ich möchte dir nicht viel versprechen, keine Reichtümer. Die ganze Welt kann ich dir nicht bieten, nur meine kleine Welt! Ich möchte mit dir zusammenleben. In einer Zwei- bis Dreizimmerwohnung oder einem kleinen Haus. Es wäre schön, wenn wir eine Tochter oder einen Sohn hätten oder auch zwei Kinder. Einen lieben Hund haben wir ja schon: Jani!"
Sophie ist sprachlos, öffnet das rosa Kästchen und entdeckt einen silbernen Ring mit einem Krabbenkutter, einer Windmühle und einem Leuchtturm. Sie hat Tränen in den Augen.
„Steh erst mal auf, mein Romeo! Ich bin ganz gerührt und muss deine Worte erst einmal begreifen…".
Dann steht sie auf, schaut auf den Hafen und schaut dann ihren Romeo an. Spannung liegt in der Luft. Und Oles Herz schlägt wie wild.
Sophie setzt sich wieder. Nachdenklich schaut sie in die andere Richtung, in die Ferne. Dorthin, wo das flache Land ins Wattenmeer übergeht.
„JA! JA! JA!" — Sophie weint vor Freude.
Wie lange die beiden dort noch gesessen haben, das ist ihr Geheimnis. Auf ihrer Bank. Romeo und Julia in Greetsiel.

Marietta und Erik

Marietta und Erik schlendern den Alten Deich entlang in Richtung Dorf. Ihr Weg führt sie, wie rein zufällig, ins Kattrepel, das malerische Künstlerviertel.

Kattrepel, so heißt auch ein Wasserlauf, auch Kanal genannt, ganz in der Nähe. Auf einmal fängt Erik an zu erklären:

„Die Kanäle hier in der Region werden Tiefs genannt. Es handelt sich hierbei um natürlich zurückgebliebene Meeres-Priele, die sich nach der Eindeichung stetig mit Wasser gefüllt haben und heute das Land entwässern. Dies geschieht durch Schöpfwerke oder Siele, die das Land vom übermäßigen Wasser befreien."

Im Stillen registriert Marietta für sich, dass Ole auch viele Hintergrunderklärungen an Sophie weitergegeben hat. Vater und Sohn — da gibt es doch Ähnlichkeiten! Während die beiden vergnüglich durch das verträumte Künstlerviertel spazieren, schaut sich Marietta die einzelnen Geschäfte an. Ja, das sind schöne Lädchen, denkt Marietta so bei sich. Wenn ich hier eine kleine Buchhandlung eröffnen könnte, das wäre mein Traum!

Plötzlich, als habe er ihre Gedanken geahnt, meint der Kapitän:

„Hast du nicht einmal gesagt, dass du einen Traum hast? Den Traum, eine kleine, urige Buchhandlung mit einem Café zu führen. Irgendwo, irgendwann — das hast du nicht näher definiert. Hast du diesen Wunsch immer noch?"

„Ja, natürlich! So ein Lädchen hier in diesem Winkel von Greetsiel wäre fantastisch!"

„Und du wärst bei mir in meiner Nähe! Unvorstellbar? Aber vielleicht gar nicht in weiter Ferne", erwidert Erik, verschmitzt lächelnd.

„Wie meinst du das?" —

„Da bietet sich vielleicht eine Gelegenheit: Eines der Geschäfte wird in circa zwei Jahren frei. Der Mietvertrag läuft aus, und der Besitzer geht in den Ruhestand."

Nachdenklich schaut Marietta ihren Freund an und zögert ein wenig, bevor sie antwortet:

„In knapp zwei Jahren. Das würde passen. Es ist nämlich so: Im Sommer übernächsten Jahres wird meine Tochter ihr Abitur machen, das sogenannte Turbo-Abitur. Anschließend möchte sie gerne studieren. Irgendwo. Das wäre für mich der richtige Zeitpunkt."

Erik legt seinen rechten Arm um Marietta und gibt ihr einen langen innigen Kuss.

„Für mich ist das zu spät! Wenn es nach mir geht, dann lieber heute als morgen! Lass uns das alles in Ruhe bei einem Kaffee im Leeger Park besprechen. Dort gibt es ein neues Café mit Blick auf den kleinen Seitenkanal Kattrepel."

Dort direkt am Kanal erörtern die beiden die Vor- und Nachteile einer Fernbeziehung. Marietta wollte nie eine Fernbeziehung führen. Doch das kann auch schön sein. Das Leben zwischen Sehnsucht und Erfüllung. Der Alltag bleibt ein wenig draußen. Und damit die Gefahr, dass eine Beziehung langweilig wird und in der täglichen Routine, im täglichen Allerlei erstickt. So wie sie es damals mit ihrem Mann, dem Vater von Odile, erlebt hat. Manchmal frisst der Alltag die Liebe auf. Das könnte man durch eine Fernbeziehung vermeiden…

Es entspinnt sich zwischen Marietta und Erik ein spannendes Gespräch über dieses unerschöpfliche Thema. Nachdem die beiden ihr beschauliches Kaffee-Trinken mit leckerer Obsttorte beendet haben, macht Erik einen Vorschlag:

„Hast du vielleicht Lust, zu mir zu kommen? Ich wohne hier ganz in der Nähe. Dort, wo die Kapitäne ihre Friesenhäuser haben. Ich kann dir meine Sammlung Seemannsknoten zeigen!"

„Sagt man das so unter Kapitänen, wenn man eine Frau anbaggern möchte?"

„Ja, das ist traditionelle Kapitänsart aus dem Handbuch ‚Wie erobere ich eine tolle Frau'. Ich habe sogar noch mehr zu bieten: Eine Sammlung von Pokalen, die ich bei verschiedenen Kutter-Korsos gewonnen habe."

„Das ist ja wirklich super! All das schaue ich mir gerne an. Das ist auf jeden Fall origineller als eine Briefmarkensammlung!", meint Marietta ein wenig schnippisch.

Hand in Hand gehen die beiden Verliebten über eine kleine Holzbrücke und gelangen zu einem wunderschönen Friesenhaus, das mit den verschieden farbigen Backsteinen in hellen Rot- und Beigetönen sehr modern anmutet. Die Fenster und Türen sind von hartweißen Ziegelsteinen umrandet. Erik führt Marietta direkt in die obere Etage, die mit ihrem durchgehenden spitzen Giebeldach wie ein großes Atelier wirkt. Die Holzpaneele des Dachausbaus sind in frischem Weiß gestrichen. Das circa 50 qm große Atelier besticht durch Klarheit, Helligkeit und wenige Möbel. Am großen Fenster, das den gesamten Giebel ausfüllt, steht ein großes Bett mit einer weißen Housse. An den Seiten befinden sich weiße Regale. Auf der einen Seite entdeckt Marietta auf einem Regal verschiedene mächtige Knoten aus dicken Seemannstauen. Erik erklärt ihr die Bedeutung der einzelnen Knoten. Auf der anderen Seite sieht die Autorin drei große Pokale aus Porzellan. Der Kapitän zeigt ihr voller Begeisterung den großen Pokal in der Mitte. Auf einer hellblauen Grundierung ist ein roter Krabbenkutter von Hand aufgemalt. Die anderen beiden Pokale sind mit jeweils einer Scholle und einer großen Krabbe verziert.

Während der Seemann die Bedeutung erklärt, betrachtet ihn Marietta von der Seite. Dabei schielt sie heimlich auf das herrlich große Bett und hat nur einen Gedanken… Gestern am späten Nachmittag hatte sie sich extra schöne Wäsche zum Ausziehen in der Wäscheboutique an der Greetsieler Kirche gekauft…

Nach und nach landen die einzelnen Teile auf dem Holzfußboden. Halb zieht er sie — halb sinkt sie hin. Liebe am Nachmittag. Was gibt es Schöneres?

Odile und Jan

In der dänischen Eisdiele am Hafen sitzen Odile und Jan, jeder mit einem großen Spaghetti-Eis, in einer Ecke ganz nahe beieinander. Sie schauen sich an, erst scheu, dann ein wenig mutiger.

„Meine kleine Krabbe, warst du schon einmal verliebt?", beginnt Jan das Gespräch. „Ich meine, so richtig verliebt mit Schmetterlingen im Bauch."

„Ja, ein wenig verliebt war ich schon in Robin. Doch ich hatte nur zwei kleine Schmetterlinge im Bauch. Der eine war total begeistert, der andere zögerte noch. Wir sind oft zusammen zu Feten gegangen und haben Schmusetänze getanzt. Das heißt, er mochte die Schmusetänze, ich mochte mehr die wilden Tänze, wie zum Beispiel Rock'n' Roll. Und du, warst du schon mal so richtig verliebt?"

„Robin, ist das der Typ, der dir immer noch SMS schickt? Ich hab' doch gesehen, wie du oft auf dein Handy geschaut hast." —

„Ja, das ist Robin. Und nun antworte du. Wie ist es bei dir?"

„Also ich, ich bin ein ganz toller Macho! Ich mag Mädchen sehr und ganz besonders dich! Nein, in Wirklichkeit bin ich sehr lieb und brav, fast immer. Immer öfter!"

Spontan und von Odile gänzlich unerwartet gibt Jan ihr einen wilden, ungestümen Kuss. Dann nimmt er sie bei der Hand mit den Worten:

„Ich weiß ein stilles Plätzchen für uns unweit vom Hafen. Kommst du mit?"

Ohne ein Wort zu sagen, folgt ihm Odile.

Große Aufregung im Krabbendorf

Die Zeit vergeht wie im Fluge. Plötzlich ist es 19.00 Uhr. Marietta und Erik sowie Sophie und Ole haben sich im rot-weißen skandinavischen Haus getroffen, um gleich gemeinsam Abend essen zu gehen. Marietta hat ein Restaurant auf der kleinen Restaurantmeile am Siel ausgesucht: *Captain's Dinner*. Doch Odile und Jan haben sich immer noch nicht gemeldet, obwohl Odile ihre Mutter gegen 18.00 Uhr mit dem Handy anrufen wollte. Marietta beginnt sich ernsthaft Gedanken zu machen. Das ist sie gar nicht von ihrer Tochter gewöhnt. Vielleicht ist der Akku ihres Handys leer. Aber anrufen kann man doch von überall, zum Beispiel von der Eisdiele oder von einem Café. Mariettas Sorge ist groß.

„Ich kenne Jans Handy-Nummer!", meint da der Kapitän.

„Ich versuche mal, ihn anzurufen. Vielleicht habe ich ja Glück!"
Doch auch Jans Handy schweigt. Niemand meldet sich.

„Die beiden haben sicher die Zeit vergessen. Das kann ich mir gut vorstellen", philosophiert Sophie.

19.25 Uhr — alle vier beschließen zur Eisdiele zu gehen und dort nach den beiden zu fragen. Die junge Dame in der Eisdiele kann sich sehr gut an das verliebte Pärchen erinnern.

„Wo sind sie denn lang gegangen, als sie die Eisdiele verlassen haben? Wann war das?", fragt Odiles Mutter beunruhigt.

„Es mag so gegen 17.00 Uhr gewesen sein, als die jungen Leute aufgebrochen und am Hafen entlang Richtung Neuen Deich gelaufen sind. Sie hatten es ziemlich eilig. Der junge Mann sagte noch: ‚Ich hab' da eine Idee… ein stilles Plätzchen'", so die Antwort der jungen Dame.

„Ein stilles Plätzchen…", mischt sich Erik ein. „Da habe ich eine Idee! Lasst uns zum kleinen Yachthafen gehen! Da gibt es ein stilles Plätzchen!"

Die vier machen sich auf zum Greetsieler Yachthafen.Insbesondere Marietta und Sophie sind sehr gespannt. Mariettas Herz schlägt ganz heftig! Hoffentlich ist ihrer Tochter nichts Ernstes passiert und natürlich auch Jan nicht. Ole kann sich schon denken, worum es geht. Das ist wirklich ein beschauliches Plätzchen. Und die beiden Verliebten sind dort sicher ungestört. Und vergessen die Zeit. Am kleinen Yachthafen angekommen, sucht der Kapitän intensiv nach einer bestimmten Yacht. Nach einer Yacht in Hellblau mit einem Segel in zartem Rosé.

„Wie soll denn die Yacht heißen?", fragt Sophie, „oder suchst du etwas anderes?"

„Ich suche nach einer Yacht namens MARIE ANN. Sie gehört Jans Onkel, und es kann sein, dass Jan den Schlüssel zu diesem Boot hat", so die Antwort von Erik. „Aber ich kann das Boot nicht entdecken. Helft mir doch mal suchen."

Es weht eine leichte Brise. Fünf weiße Möwen fliegen über den süßen Yachthafen. Sonnenschein. Abendsonne! Eine einmalige Abendstimmung!

Alle vier schauen suchend auf das Wasser. Marietta wird von Moment zu Moment trauriger und malt sich in Gedanken die schlimmsten Szenarien aus, die sich ereignet haben können. Da plötzlich entdeckt sie in einiger Entfernung auf dem kleinen Fjord ein dahin dümpelndes Segelboot. Es sieht aus, als ob es führerlos im Wasserlauf treibt. Auch der Kapitän erkennt die Lage in diesem Moment und wendet sich an den nächsten Bootsbesitzer mit der Frage:

„Sehen Sie das treibende Boot dort hinten? Können Sie uns schnell dahin fahren, bitte? Wir vermuten, dass in dem Boot zwei junge Leute sind, die abgetrieben wurden."

Inzwischen hat der Wind zugenommen. Aus der kleinen Brise ist ein kräftiger Wind geworden.

Dann geht alles ganz schnell. Der Kapitän und Marietta steigen in das fremde Boot und fahren mit dessen Besitzer zu der hellblauen Yacht namens MARIE ANN. Jetzt haben auch Odile und Jan auf ihrem Kuschelsofa bemerkt, dass ihr Boot im Fjord treibt. Offensichtlich hat es sich durch den Wind von der Verankerung losgelöst und wurde dann abgetrieben. Verzweifelt klettern die beiden an Deck, um Hilfe zu rufen. Fast gleichzeitig erscheinen Marietta und Erik mit dem fremden Boot. Das sind die Retter in der Not!

Erik und Marietta nehmen die beiden jungen Menschen in die Arme und drücken sie fest. Odile spürt förmlich, wie ihrer Mutter ein Stein vom Herzen fällt.

Das ist ja noch mal gut gegangen, und der Abend endet mit einem Abendessen zu sechst. Marietta strahlt vor Glück, dass sie ihre Tochter wohlbehalten wieder bei sich hat.

Ein aufregender Tag geht zu Ende.

Benny

Sophie und Ole besuchen das Schäfchen Benny jeden Tag. Das sind schöne Stunden, aber auch schmerzvolle Stunden des langsamen Abschieds. Benny hat nun seine liebe Ziehmama Serafina und Freunde und Freundinnen gefunden. Vielleicht hat er auch seinen Vater wieder gefunden. So wie Ole nach langen Jahren seinen Vater in Greetsiel gefunden hat.

„Ich bin sehr froh, dass mein Schäfchen, mein Ziehkind, eine Adoptivmutter gefunden und sicher seinen Vater wieder gefunden hat. Es ist schon schwer, mit nur einem Elternteil aufzuwachsen, zum Beispiel nur mit der Mutter, wie es bei mir der Fall war", mit diesen Worten schaut Ole seiner Liebsten Sophie ganz tief in die Augen.

„Wenn ich selbst mal ein Kind habe, möchte ich, dass es mit Mutter und Vater, also auch mit mir, aufwächst. Mein Vater hat mir doch sehr gefehlt."

Hand in Hand gehen die beiden auf dem Alten Deich entlang ins Dorf.

Die biologische Uhr

Sophie muss immer öfter an die Zeit vor ihrer ersten Reise nach Greetsiel denken. Nach der Trennung von Lukas hatte sie nur noch ihre sogenannte biologische Uhr im Kopf. Die Trennung bedeutete zunächst nur, dass ihr Traum von einer Familie, von einem Kind, gestorben war. Schon immer wollte sie ein Baby haben, bevor sie dreißig Jahre alt wird.

In den letzten Tagen musste sie sich ab und zu übergeben, und sie hat auf so merkwürdige Dinge, wie saure Gurken und Riesengarnelen, Appetit. Und das zu den unmöglichsten Tageszeiten, zum Beispiel mitten in der Nacht! Überhaupt will Sophie ständig saure Getränke, wie Apfelessig und Grapefruitsaft, trinken.

An einem sonnigen Nachmittag sitzen die beiden Freundinnen Marietta und Sophie alleine auf der Terrasse von ihrem Feriendomizil. Sie blinzeln in die Sonne, legen die Füße hoch und lassen gleichsam die Seele baumeln, wie es so schön bildlich heißt. Da beginnt Marietta das Gespräch:

„Erinnerst du dich noch? Wie du vor unserem Urlaub, als wir in Bonn Ferienpläne geschmiedet haben, ständig von deiner biologischen Uhr erzählt hast. Davon, dass du keine Zeit mehr hast. Dass du unbedingt eine Familie gründen möchtest! Weißt du noch? Was ist nun?"

„Habe ich das so gesagt?" So die kurze Gegenfrage von Sophie.

„Ja, das waren deine Worte. Nun, in den letzten Tagen passieren merkwürdige Dinge. Als wir alle zusammen essen waren, wolltest du keinen Rotwein trinken. Stattdessen greifst du immer mehr zu sauren Lebensmitteln. Bedenklich oft und plötzlich suchst du das Keramikstudio auf. So nennen wir beide ja das Badezimmer, damit es vornehmer klingt! Merkwürdig — das alles! Ich habe dir etwas mitgebracht. Schau doch mal in meine Tasche!"

Gespannt geht Sophie zu der Tasche ihrer Freundin. Das kann doch nicht wahr sein. In der Tasche entdeckt sie einen Schwangerschaftstest. Das wird spannend…

„Soll ich den Test jetzt machen?", fragt Sophie ihre Freundin, „Bist du darauf gefasst, dass du Tante wirst? Bin ich darauf gefasst, dass ich Mama werde? Das ist hier die Frage!"

„Ja!" — Das ist die kurze, eindeutige Antwort von Marietta.

Sophie nimmt den Teststreifen, benutzt ihn und schaut ihn dann gemeinsam mit ihrer besten Freundin an.

Das Ergebnis: Sophie wird Mama, Marietta wird Tante!

Die beiden Frauen schauen sich an und umarmen sich spontan! Vor Freude? Es ist gleichsam, als beginne ein neuer Abschnitt in ihrem Leben.

„Das geht alles ein bisschen schnell!", stellt Sophie fest, ein wenig von dem Ergebnis, von den Ereignissen überrumpelt. Ole und sie kennen sich erst seit wenigen Monaten. Doch es fühlt sich alles so gut, so richtig an.

„Ich finde das total romantisch. Ich finde das wunderbar!", flüstert Marietta, so als wolle sie das kleine Lebewesen in Sophies Bauch nicht stören. Auf einmal greift Sophie den Teststreifen, leint ihre Hündin an und stürmt aus dem Haus in Richtung Hafen. Ihre Freundin schaut ihr überrascht hinterher. Wo mag Sophie wohl hinlaufen? Was hat sie vor?

Die junge Frau springt die Treppe zum Deich hinauf, zwei Stufen auf einmal nehmend. Auf dem Deich angekommen, läuft sie nach links zu der ominösen Bank, auf der alles seinen Anfang genommen hat. Mit zwei Krabbenbrötchen und einem Foto. Sophie schaut auf die Bank. Ihre Augen werden immer größer. Warum wohl? Die Bank ist besetzt. Wer sitzt da wohl? Sein Name besteht aus drei Buchstaben: OLE! Der junge Mann schaut den Deich entlang, als warte er auf jemanden. Als er Sophie und Jani entdeckt, traut er seinen Augen kaum. Als ob seine Freundin geahnt hätte, dass er sich nach ihr sehnt. Unendliche Sehnsucht. Diese Sehnsucht, die immer da ist, wenn Sophie nicht bei ihm ist.

Ganz spontan umarmt Sophie ihn mit den Worten:
„Ole, ich muss dir etwas sagen."
Strahlend schaut Ole ihr tief in die Augen:
„Ich ahne, nein, ich weiß, was du mir sagen möchtest, aber ich möchte es aus deinem Mund hören, Liebste!"
„Wir bekommen einen kleinen Ole oder eine kleine Sophie! Wir werden Eltern!"
„Das ist wunderbar! Ich freue mich riesig! Lass uns schnell heiraten und dem Kleinen ein Nest bauen", entgegnet Ole verschmitzt.
„Nein, der Kleinen. Es wird ein Mädchen! Das sagt mir mein Bauch!" —
„Wir werden sehen. Vielleicht bekommen wir auch beides: ein Mädchen und einen Jungen!"
So frotzeln die beiden Verliebten und vergessen die Zeit auf ihrer Bank. Auf jeden Fall hat die Natur entschieden, und es ist gut so, wie es ist. ☼
„Was nun?
Wann soll die Hochzeit sein? Wie finden wir so schnell eine Wohnung? Mit drei bis vier Zimmern. Möglichst in Greetsiel. Wo feiern wir unsere Hochzeit? Und wie? Wen laden wir ein? Fragen über Fragen. Aber irgendwie ist das auch spannend und will gut ge-

meinsam überlegt und besprochen sein." All diese Gedanken schießen den beiden durch den Kopf.

Ole denkt nach und hat plötzlich einen Geistesblitz:

„Ihr seid ja noch einige Tage hier in Greetsiel. Und ich habe mir sowieso einige Tage Urlaub genommen. Schon deswegen, weil ich mein Schäfchen Benny in seiner neuen Schafherde beobachten möchte. Mein Vorschlag: Als erstes sehen wir uns gemeinsam nach einer Wohnung um."

Sophie: „Ich möchte gerne in einem Friesenhaus wohnen. Das wäre mein Traum!"

Gleich am nächsten Morgen treffen sich Sophie mit Jani und Ole auf ihrer Bank auf dem Alten Deich. Ole hat drei dicke Zeitungen gekauft, und nun stöbern die beiden in den Immobilien-Anzeigen. Da macht Sophie eine Entdeckung:

Eine Anzeige mit folgendem Text:

„Kleines neu erbautes Friesenhaus ab 15. September zu vermieten und eventuell später zu verkaufen. Junge Familie erwünscht."

Ole: „Da rufe ich jetzt direkt an. Vielleicht können wir uns das Häuschen heute noch anschauen. Was meinst du, besser, was meint ihr?"

Gesagt, getan. In einer Stunde stehen die beiden jungen Leute vor einem hübschen Friesenhaus, gebaut aus hellen Klinkersteinen in verschiedenen Beige- und Rosatönen. Vor dem Haus ein weißer Holzzaun im norddeutschen Stil. Ein Garten voller Blumen!

„Wie für unsere kleine Familie geschaffen!", rufen sie beide.

Das ist ein wahrer Glückstreffer, und die künftige junge Familie greift zu. In den kommenden Wochen ist viel Action angesagt.

Hochzeit

Es ist September. Der Lieblingsmonat von Sophie und Ole. Ein toller Monat, um zu heiraten. Das wird eine ganz andere Hochzeit. Eine ganz besondere Hochzeit. Sophie wird kein langes weißes Hochzeitskleid, wie sie allgemein üblich sind, tragen. Sie mag diese Kleider nicht. Die junge Frau findet, dass so ein Kleid nicht zu ihr passt.

Und sie werden nicht in einer Riesenkarosse zur Hochzeit fahren.

Und sie werden nicht in einer Kirche heiraten, obwohl die Kirche in Greetsiel sehr schön ist. Sie werden in der Natur heiraten. Irgendwo am Fjord, auf dem Deich. Dort, wo ihre süße, einmalige Liebesgeschichte begann!

Es ist Sonntag. Ein wunderschöner Sonntag. Die Sonne strahlt, als wolle sie ihre Zustimmung zu dem großen Ereignis geben. Alle sind nach Greetsiel gekommen. Sophies Eltern sind eigens aus Berlin angereist, obwohl diese Hochzeit total überraschend für sie kam und sie Sophies Verlobten Ole überhaupt nicht kennen. Das hatte ihre Tochter mit ihrem ganz eigenwilligen Kopf schon immer gesagt:

„Ich heirate irgendwann einmal ganz plötzlich. Den Mann meiner Träume stelle ich euch einen Tag vor meiner Hochzeit vor!"

Sophies Bruder Maximilian ist auch aus Leipzig gekommen, wo er Architektur studiert. Er freut sich riesig, dass seine Schwester nun endlich heiratet, wie er so schön bemerkt. Als er seine Vermutung, dass seine Schwester ein Baby bekommt, bestätigt sieht, klopft er ihr burschikos auf die Schulter mit den Worten:

„Das ist ja nun auch an der Zeit! Das finde ich toll! Ich freue mich für euch, Schwesterherz!"

Dann ist da noch eine liebenswerte Dame mit weißem Haar erschienen. Wer mag das wohl sein? Alle stehen am Hafen und warten. Natürlich sind Marietta und Odile sowie Erik und Jan auch dabei. Gespannt warten sie. Sie warten und schauen den Alten Deich entlang. Sie warten auf Sophie und Ole. Dort hinten auf der zweiten Bank — das könnte das Brautpaar sein! Parson Russell Hündin Ariana sitzt wohl neben ihnen.

Die beiden jungen Leute umarmen sich zärtlich, stehen auf und gehen mit Jani auf dem Alten Deich entlang zum Hafen. Sie wissen auch nicht, was passiert. Erik, Oles Vater, hat wohl gemeinsam mit Marietta eine Idee für die Hochzeit gehabt. Ihren Plan haben sie bis zum heutigen Tag geheim gehalten.

Sophie und Ole sind ein ganz besonderes Brautpaar.

Sophie trägt ein rosa Kostüm im Chanel-Stil mit einer weißen Spitzenbluse. Als Accessoires hat sie eine schlichte Umhängetasche in Rosé sowie schwarze Lackballerina gewählt. Ihr langes dunkles Haar schmückt ein weißer Strohhut. In der Hand hält sie einen kleinen Brautstrauß aus rosa Rosen und weißen Fresien, mit einem weißen Spitzenband zusammengebunden.

Ole, der junge Bräutigam, trägt einen dunkelblauen Anzug aus feinem Tuch, ein weißes Hemd und eine fliederfarbene Fliege. Dazu schwarze Schuhe. All das wirkt sehr harmonisch aufeinander abgestimmt.

Das Brautpaar wird liebevoll von allen Gästen begrüßt, und nun schauen sie gespannt auf den Hafen. Plötzlich kommen ihnen zwei Krabbenkutter entgegen — ein roter und ein blauer. Über Sophies Gesicht zieht ein strahlendes Lächeln. Warum wohl? Das sind ihre Lieblingskrabbenkutter!

Und außerdem findet sie es faszinierend, in einem Krabbenkutter zur Hochzeit zu fahren. Das wäre ja in Bonn überhaupt nicht denkbar gewesen. Diese Überraschung ist schon mal gelungen. Das Hochzeitspaar und alle Gäste steigen ein und harren gespannt der Dinge, die da noch kommen mögen. In jedem Krabbenkutter ein freundlicher Kapitän und ein freundlicher Steuermann. Sie machen die Leinen wieder los und steuern die Kutter den kleinen Fjord entlang, wie Sophie immer so schön sagt. An den Ufern stehen viele Einheimische und auch Gäste von Greetsiel. So ein spektakuläres Ereignis gibt es ja nicht alle Tage! Und man darf es sich nicht entgehen lassen. Mit dem Brautpaar fährt das Glück durch den Hafen, durch den Fjord. Irgendwann geht es um die Kurve und dann mit Volldampf Richtung Nordsee.

Im Stillen kann Sophie sich schon denken, wo die Trauung stattfindet. Dort, wo ihre spannende Liebesgeschichte zum ersten Mal ernst wurde. Dort, wo Ole ihr den Himmel auf Erden versprochen hat. Am Pilsumer Leuchtturm.

Dann irgendwann klatschen alle Fahrgäste der beiden Krabbenkutter in die Hände. Warum wohl? Der gelbe Leuchtturm mit den roten Streifen ist zu sehen! Auf der Deichkrone in unmittelbarer Nähe der Nordsee. Und um den Turm herum auf der Wiese weiden viele Schafe. Sind das auch Hochzeitsgäste? Und die zahlreichen bunten Vögel, die ein munteres Lied zur Feier des Tages singen, sind wohl ebenfalls Hochzeitsgäste.

Nun sind die zwei Krabbenkutter an ihrem heutigen Ziel angelangt, das so ein ganz anderes ist als sonst. Alle Gäste steigen aus und schnuppern erst einmal die frische Nordseeluft. Es herrscht eine frische Brise. Insbesondere das Brautpaar lässt sich die lebhafte Seeluft um die Nase wehen. So weht den beiden gleichsam von Anfang an der richtige Wind um die Nase! Natur pur! Und die Spätsommersonne scheint dazu.

„Natura est artis magister = Die Natur ist die größte Kunst!"

Das sind Oles Worte, bevor er seine Sophie umarmt. Sophie schaut in die Ferne und denkt so bei sich, so eine Hochzeit habe ich mir schon immer gewünscht. Ich hatte nur noch nicht den richtigen Mann und den richtigen Ort gefunden…

Nun erklimmen Sophie und Ole die eiserne Wendeltreppe mit dem festen Entschluss, den Bund fürs Leben einzugehen. Die Gäste folgen.

„Jetzt könnt ihr euch noch anders entscheiden!, meint Erik humorvoll.

Doch es kommt, wie es kommen muss.

Das ist eine ganz besondere Trauung. Als die beiden Verlobten sich vor dem Standesbeamten das Jawort geben, hat die junge Braut Tränen in den Augen. Sophie und Ole schenken sich einen besonders innigen Kuss.

Dort, wo alles begann…

Alle Gäste gratulieren. Als Letzte geht die freundliche Dame mit dem weißen Haar auf das Brautpaar zu. Sie streichelt die Braut und sagt geheimnisvoll:

„Ich habe Ole schon als kleinen Jungen gesehen. Hier am Greetsieler Hafen an der Hand einer schönen blonden Frau…Das ist lange her. Ich freue mich, dass ihr beide hier eure Heimat gefunden habt. Ich bin Oles Großmutter und möchte dir, liebe Sophie, etwas schenken."

Bei diesen Worten nimmt sie eine kleine Schatulle aus ihrer Handtasche. Daraus wiederum holt sie eine Kette in Weißgold mit einem wunderschönen Amulett.

„Das ist eine Kette, die mein Urgroßvater meiner Urgroßmutter zur Hochzeit geschenkt hat. Den rosa Stein hatte er selbst von einer Reise nach Südamerika mitgebracht. Ich freue mich, wenn du dieses Familienschmuckstück trägst. Halte es in Ehren. Es möge dir und deiner Familie Glück bringen…"

Mit diesen Worten hängt Oles Großmutter Sophie die Kette um den Hals. Sophie bedankt sich mit einem Lächeln und umarmt die liebe Großmutter. In diesem Moment stößt die kleine Claire Sophie gegen ihre Bauchdecke, als wolle sie sagen:

„Ich bin auch noch da, oder wohl besser: Ich bin auch schon da!"

Auf der Weide am gelb-roten Leuchtturm macht ein junges Schaf ‚Mäh, mäh! Das ist sicher Benny, Oles Ziehkind.

Irgendwann geht dieser wunderbare Tag zu Ende, und es beginnt ein neues Leben für Ole, Sophie und Claire Sophie mit Parson Russell Mädel Ariana.

Ein Leben, wie sie es sich immer gewünscht hatten, ohne es zu wissen.

Ein Leben im Einklang mit der Natur.

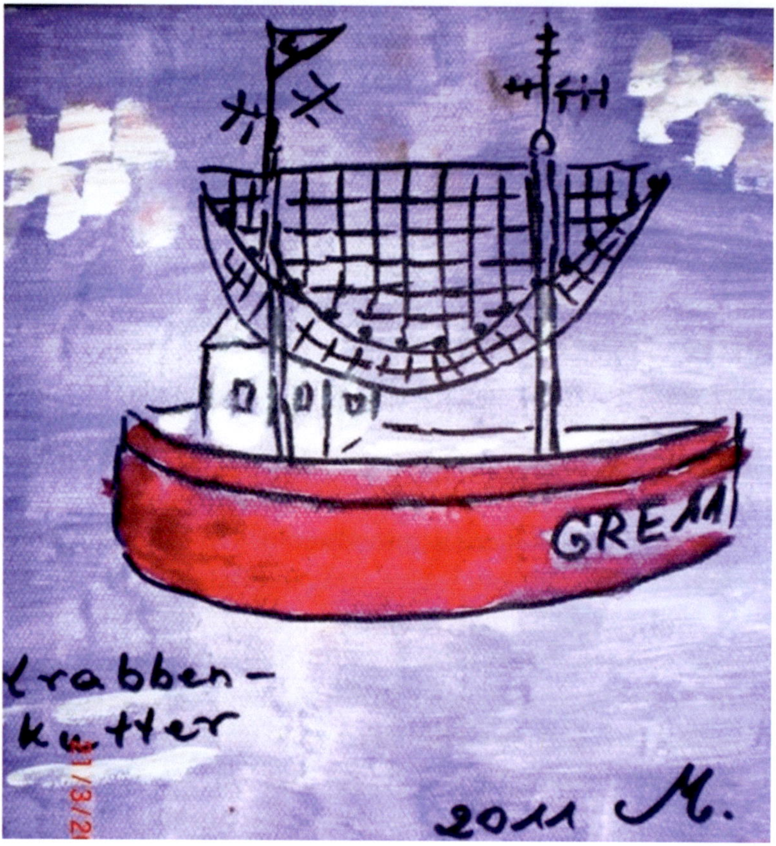
GRE11
rabben-
kutter
2011 M.

Nature
M. 2011

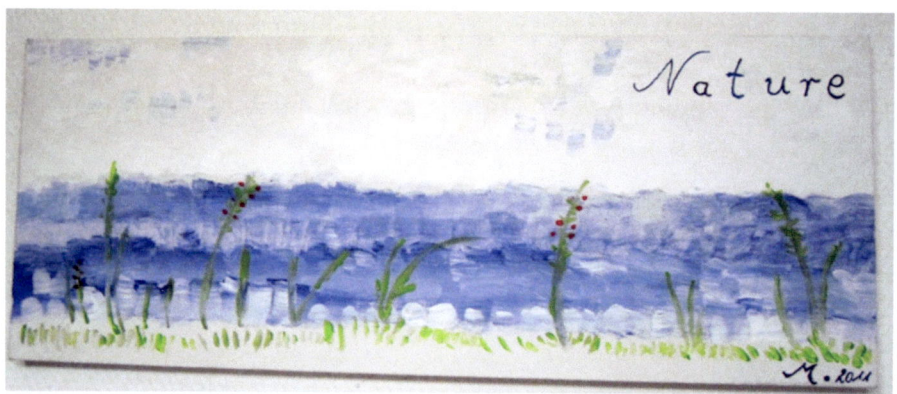

Die Geschichte ist noch nicht
zu Ende

Marietta und Erik stürzen sich in das Wagnis einer Fernbeziehung mit allen Höhen und Tiefen. E-Mails, Telefonate, Spontan-Besuche und verabredete Treffen. Allmählich entdecken sie auch wieder das Briefeschreiben, das leider längst vergessen scheint.

Marietta erlebt Zeiten großer Einsamkeit und unendlicher Sehnsucht. Erik fühlt sich bisweilen wieder in seine Zeiten des einsamen Wolfs zurückversetzt und erwartet dann voller Leidenschaft seine Marietta...

Odile und Jan bleiben über Facebook, Simsen und Telefonieren in Verbindung. Leider sehen sie sich immer seltener, bis sie sich irgendwann aus den Augen verlieren. Odile arbeitet mit Schwung auf ihr Turbo-Abitur hin. Nach den Natur-Erlebnissen in Greetsiel in dem besonderen Sommer, insbesondere mit dem Schäfchen Benny und Hündin Jani, hat sie einen Wunsch. Sie möchte Tiermedizin studieren und dann irgendwann einmal Tierärztin werden. Jan träumt von der großen weiten Welt. Reisen, ferne Länder, Abenteuer...

So vergeht die Zeit.

Norderney

Diese Geschichte soll nicht zu Ende gehen, ohne dass die wunderschöne ostfriesische Nordseeinsel Norderney besucht wird. Norderney, das älteste deutsche Nordseeheilbad seit anno 1797, erlebte seine Blüte im 19. Jahrhundert. Damals entwickelte sich die Insel im Wattenmeer mit ihrer herben Schönheit zum anerkannten Seebad, das von vielen berühmten Gästen, wie Theodor Fontane, Heinrich Heine, Karl Jaspers, Otto von Bismarck, besucht wurde und auch heute noch Jahr für Jahr Tausende Gäste aus aller Herren Länder magisch anzieht. So war es auch Mariettas inniger Wunsch, einmal auf diese Insel zu fahren.

Irgendwie hat es sich bis jetzt nicht ergeben. Als sie wieder einmal Erik in seinem Friesenhaus in Greetsiel besucht, sitzt sie eines Abends ganz traurig am Fenster und schaut hinaus.

„Du siehst so traurig aus. Was bedrückt dich, liebe Marietta?", unterbricht Erik ihre Träumereien. Nachdenklich und voller Wehmut hebt Marietta ihren Kopf und entgegnet:

„Weißt du, manchmal frage ich mich, ob ich das noch lange aushalte. Unsere Fernbeziehung. Ist das richtig, was wir tun? Aber ich kann ja noch nicht ganz nach Greetsiel kommen, da ich für meine Tochter Odile verantwortlich bin. Und ich will ja auch für sie da sein, zumindest bis zu ihrem Abitur... Sollen wir uns TRENNEN? Manchmal habe ich das Gefühl, dass du dich nicht ganz auf mich einlässt."

„Das werde ich erst können, wenn du für immer bei mir bist. Lass' uns etwas Schönes unternehmen, um dich ein wenig zu zerstreuen. Damit du auf andere Gedanken kommst. Dies, damit du wieder nach vorne schaust und an uns glaubst. Irgendwie sind wir beide ,reif für die Insel'. Lass' uns morgen auf die Insel Norderney übersetzen."

„Wow! Das machen wir. Eine tolle Idee!"

Am nächsten Tag geht's nach dem Frühstück auf die Insel! Direkt vom Hafen gehen Marietta und Erik die Weststrandstraße entlang zur Strandpromenade am Weststrand. Gelbe, weiße und gelb-bräunliche Logier- und Ferienhäuser, kleine Hotels und Pensionen im klassizistischen Stil säumen die Wiesen an der Promenade. Da die Giftbude! Vorbei an den Bausünden der 60er Jahre...

„Da mache ich einfach die Augen zu!", meint Marietta, fällt in Eriks Arme und lässt sich treiben. „Sag mir Bescheid, wenn es wieder was Schönes zu sehen gibt."

„Schau da, das Belvedere, die Sommerresidenz des Reichskanzlers von Bühlow! Mit einer gemütlich anmutenden Veranda und kleinen spitzen Türmchen am Dach. Dort würde ich gerne einen echten Ostfriesentee mit selbst gemachtem Gebäck mit dir einnehmen. Doch leider ist das Haus zur Zeit nicht bewirtschaftet. Schade. Aber ich habe da eine Idee..."

„Einfach so zu zweit die Promenade entlang zu schlendern, Hand in Hand, das ist einmalig! Das müssen wir öfter machen..", denkt die Autorin laut vor sich hin. „Schau, wie der frische Seewind das Meer bald lieblich kräuselt, bald zu hohen Wellen aufpeitscht."

Der Kapitän schaut sie an und denkt bei sich, sie hat wunderschöne braun-grüne Augen und blond-braunes Haar, das im Wind spielt...

„Du bist sehr schön, meine Marietta...", bevor sie etwas sagen kann, schließt er ihren Mund mit einem Kuss.

Ihr Weg führt sie zur Marienhöhe, einem Conditorei-Pavillion auf einer Anhöhe. Bei zwei Kännchen Ostfriesentee auf Stövchen mit Kandis und Milch und Mandelgebäck genießen die beiden Verliebten den Blick auf die Nordsee. Sie wissen nicht, wie lange sie dort gesessen haben, ganz dicht nebeneinander. Träumen. Wohl bis zur Abenddämmerung.

Da zitiert Marietta:
„Am blassen Meeresstrande
Saß ich gedankenbekümmert und einsam.
Die Sonne neigte sich tiefer, und warf
Glührote Streifen auf das Wasser..."

„Schön gesagt! Ist das von dir?" fragt Erik.
„Nein. So beginnt ein Gedicht von Heinrich Heine, das er 1825 auf Norderney geschrieben hat. Ich finde es so schön, dass ich mir einige Zeilen gemerkt habe."

Plötzlich weiß Marietta genau, was sie möchte. Sie ist **verliebt in Greetsiel. Verliebt in die Nordsee! Und...**

11 Monate später

Im Künstlerviertel Kattrepel im Fischerdorf Greetsiel. In einem kleinen weißen Haus. Vor dem Haus stehen rechts und links neben einer fliederfarbenen Haustür zwei große Blumentöpfe aus Terracotta mit rosa Hortensien.

Zunächst betritt der Gast ein großes Zimmer. Der weiße Raum mutet an wie ein Café mit den kleinen Bistrotischen aus schwarzem Marmor und den roten Metallstühlen mit beqzemen roten Sitzkissen. An den Wänden weiße Holzregale mit vielen Büchern! Eine tolle Bar mit einer modernen Espressomaschine, aber auch mit hellblauen Porzellanfiltern ausgestattet, wie in alten Zeiten. In der Glasauslage des Buffets sieht der Gast erlesene Patisserie, feinstes Konfekt und edle Früchte. Es duftet nach frisch gebranntem Kaffee und Schokolade.

Heute ist ein besonderer Tag. Mariettas Traum ist in Erfüllung gegangen. Die neue Buchhandlung „*Mariettas Buch-Bar*" wird eröffnet.

Marietta hat zu einer Lesung aus ihrem neuen Roman eingeladen. Sein Titel:

Verliebt in Greetsiel ♥

Viele Gäste sind anwesend. Touristen, Gäste aus Norden — wie Maybrit, Mariettas Internet-Bekannte — und von den ostfriesischen Inseln, Einheimische und Gäste aus den umliegenden Dörfern. Sophie, Ole und die kleine Claire Sophie sowie Parson Russell Mädel Ariana sind auch gekommen. Selbst Asterix, der Namensgeber des Feriendomizils, und seine Menscheneltern sind anwesend. Nur einer fehlt. Mit einem suchenden Blick schaut Marietta auf die Eingangstür. Sie wartet noch einige Minuten...

Da öffnet sich die Tür. Kapitän Erik Hansen tritt ein. Glücklich lächelnd beginnt die Autorin Marietta Herbst zu lesen:

„Eigentlich wollten Marietta und Sophie nach Mallorca fliegen. Beide waren allein. Singles – wie es heute so schön heißt. Marietta hatte eine gescheiterte Ehe hinter sich. Sophie und ihr Freund hatten sich vor einigen Monaten getrennt. Beide Freundinnen wollten unbedingt zusammen verreisen. Irgendwohin. Weit weg von Bonn."

Weitere Bücher von Marlis E. Hornig

Romantisch — Spannend — Berührend

1.   Familienwolf Astix
Abenteuer eines Jack Russell Terriers

Astix erzählt uns sein erstes Lebensjahr: Babytage im Bauern-
haus, Umzug zu seiner Menschenfamilie im rosa Haus am Park,
Welpenschule, Freunde auf zwei und auf vier Beinen, gute und
schlechte Erfahrungen und erste Abenteuer. Und die erste Liebe
Simba. Mit schönen Fotos und persönlichen Tipps. *„Auf gut 150
liebevoll bebilderten Seiten lässt Marlis E. Hornig Astix, den Lustigen, zu Wort kommen…"*
Bonner General-Anzeiger

2.   Leo und Astix
Der Junge und der Hund

Ein Junge namens Leo. Ein kleiner Hund, ein Parson Russell Terrier, namens Astix. Zwei Freunde. Er erzählt uns seine spannenden und berührenden Abenteuer mit Leo und anderen Kindern.
Und da ist wieder Simba, Astix' erste große Liebe…Kommissar
Schnüffelnase Astix und der Junge Leo suchen nach der Wahrheit.
6 Orte: Bonn, Filzmoos in Österreich, Erfurt, Saint Malo in der
Bretagne, Paris, Norderney. Schöne Farbfotos. Tipps zu „Kinder
und Hunde"! *„Die Autorin will Kindern und Erwachsenen einen natürlichen Umgang mit Hunden und Katzen vermitteln. Dies ist die
Geschichte einer wunderbaren Freundschaft."* **Blickpunkt Bonn**

3.   Hunde-Liebe
Ein Hund, die Natur und das Leben

In Bildern und Worten erzählt Astix, der Parson Russell Terrier, aus
seinem Leben. Familie — Freunde und Liebeleien. Sprüche und
kleine Gedichte begleiten die Bilder und Texte. Eine Hommage an
einen Hund, die Natur und das Leben. Mit zahlreichen Farbfotogra-
fien von Hunden, Menschen und Landschaften – am Rhein und am
Meer! Hier *„kommt Asterix, ein putziger Parson Russell, ganz groß
raus. Der Tatort ist immer wieder Bad Godesberg…"*
Bonner General-Anzeiger

4.   Naschkatzen leben länger…

Anja — Eine fantastische Katzengeschichte

Auf der Suche nach der verlorenen Zeit erzählt Katze Anja aus ihrem Katzenalltag. Sie erobert die Herzen ihrer „Katzenmenschen", die mit ihr in einem rosa Haus wohnen. Plötzlich taucht ein naseweiser Streuner auf. Kater Max, ein Vagabund und Filou, ein kleiner Franzose!

„Bei Katzenfreunden klingt eine Saite an, wenn sie Anjas gefühlvoll geschilderte Abenteuer lesen."
Bonner General-Anzeiger

5.   Balsamico

Katze Anjas heimliche Liebe

Max ist gegangen. Samtpfote Anja sitzt am Fenster im rosa Haus am Park und träumt. Wird die süße Naschkatze sich noch einmal verlieben? Da taucht Balsamico auf, ein Halbitaliener mit großer Sehnsucht nach Italien. Doch Balsamico hat ein dunkles Geheimnis…   Mit schönen Farbfotos. Eine Liebeserklärung an eine Katze!

„Italo-Lover mit Schnurrbarthaaren
Die Übersetzerin und Autorin Marlis Hornig legt eine vergnügliche Katzengeschichte vor. Diese Geschichte ist das zweite literarische Denkmal, das die ‚tierische' Bonner Autorin ihrer im Mai 2004 verstorbenen Katze Anja setzt." **Bonner Rundschau**

Mehr zu den Büchern der Autorin:

www.jack-russell-asterix.beep.de
www.meinebuchtipps.beeplog.de
www.marlishornig.beepworld.de — Autorenwebseite

Quelle:

Die kursiv gedruckten Texte über Greetsiel wurden auszugsweise und in abgeänderter Form der Broschüre „Mit Tiefgang über die Kanäle rund um Greetsiel" entnommen.

Herausgeber HW . DESIGN, Krummhörn

Texte: Gabriele Wilke, Helmut Wilke